ひと 人をあるく

松尾芭蕉と奥の細道

佐藤勝明

吉川弘文館

『松尾芭蕉と奥の細道』

目次

室の八島

深川芭蕉稲荷神社

II 『奥の細道』の旅路……61

松島

文知摺観音の芭蕉像

山寺の芭蕉像

色の浜

奥の細道地図

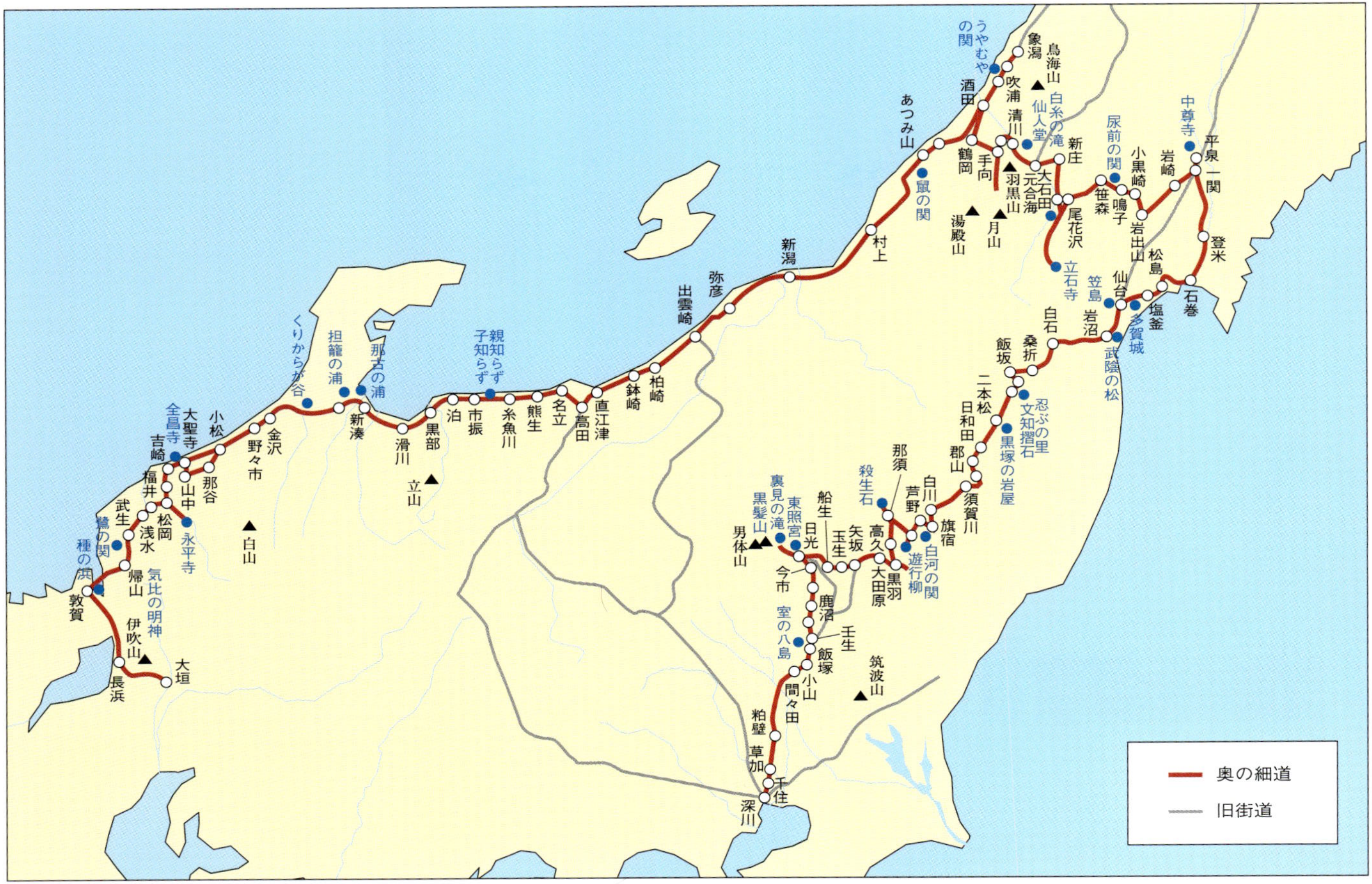

深川
千住
草加
粕壁
間々田
小山
飯塚
室の八島
壬生
鹿沼
今市
日光
東照宮
裏見の滝
黒髪山
男体山
船生
玉生
矢坂
高久
殺生石
那須
黒羽
大田原
雲巌寺
遊行柳
白河の関
芦野
白川
旗宿
須賀川
郡山
日和田
黒塚の岩屋
二本松
文知摺石
忍ぶの里
飯坂
桑折
白石
岩沼
武隈の松
笠島
仙台
多賀城
塩釜
松島
石巻
登米
一関
平泉
中尊寺
岩崎
岩出山
小黒崎
鳴子
尿前の関
笹森
尾花沢
立石寺
大石田
新庄
元合海
清川
仙人堂
白糸の滝
羽黒山
月山
湯殿山
手向
鶴岡
酒田
吹浦
鳥海山
象潟
うやむやの関
あつみ山
鼠の関
村上
新潟
弥彦
出雲崎
柏崎
鉢崎
直江津
高田
名立
熊生
糸魚川
親知らず
子知らず
市振
泊
黒部
立山
滑川
新湊
那古の浦
担籠の浦
くりからが谷
金沢
野々市
小松
大聖寺
全昌寺
吉崎
那谷
山中
白山
福井
松岡
永平寺
武生
浅水
鶯の関
帰山
気比の明神
種の浜
敦賀
伊吹山
長浜
大垣
筑波山
奥の細道
旧街道

芭蕉と旅と紀行文

旅と庵住

松尾芭蕉という名を聞くと、「旅の詩人」「漂泊の俳諧師」といった文言が反射的に浮かんでくるし、風に吹かれて思いのままに諸国をさすらう旅人像が、芭蕉にはたしかによく似合う。そして、芭蕉自身、一所にとどまることができない自己の性情を吐露するかのように、「ゆがみて蓋《ふた》のあはぬ半櫃《はんびつ》　凡兆／草庵に暫《しば》く居《い》ては打《うち》やぶり　芭蕉」（『猿蓑』「市中は」歌仙）の付句《つけく》*を残してもいる。これは、前句《まえく》の蓋が合わなくなった半櫃（諸道具を収納する箱で、長櫃の半分の大きさ）を世間から離れて暮らす遁世者《とんせいしゃ》の持ち物と見込み、その人の生き方として、しばらく庵に暮らすとまた旅立って行くとしたもの。能因《のういん》*や西《さい》行《ぎょう》*の生き方を髣髴《ほうふつ》とさせる付合《つけあい》*であり、芭蕉が彼らの境涯にあこがれ、庵住と行脚《あんぎゃ》をくり返す生き方を理想としていたことは間違いない。

草加の芭蕉像

　では、実際はどうだったのか。深川に移った延宝八年から亡くなるまでの間で、芭蕉庵にいた期間と旅の期間とを調べると、以下のように

＊付句　連歌や俳諧連歌（俳諧・連句とも）で前句に付けた句のこと。

＊能因　平安時代中期の歌人。種々の逸話が残り、奥州行脚を試みたことでも知られる。

＊西行　平安時代末から鎌倉時代初期にかけての歌僧。芭蕉が最も敬愛した歌人で、全国を行脚したことで知られる。

＊付合　前句に合わせて付句を作ること。また、そのようにしてできた二句のこと。

なる。なお、それ以前では、伊賀上野から江戸に移住した際の旅があり、寛文十二年（一六七二）のことと推定される。また、延宝四年（一六七七）に帰郷したことが知られるほか、伊賀上野時代には京などにも何度か出かけたものと推定される。

延宝八年（一六八〇）冬～天和二年（一六八二）十二月二十八日
　深川芭蕉庵（第一次）在住
天和二年（一六八二）十二月二十九日～三年（一六八三）冬
　所在地不明
※十二月二十八日の大火に庵が類焼。新芭蕉庵に入るのは翌年冬。天和三年夏には甲斐谷村を訪れて滞在。
天和三年（一六八三）冬～貞享元年（一六八四）八月中旬
　深川芭蕉庵（第二次）在住
貞享元年（一六八四）八月中旬～二年（一六八五）四月末
　約八カ月に及ぶ「野ざらし」の旅
貞享二年（一六八五）四月末～四年（一六八七）十月二十五日
　深川芭蕉庵（第二次）在住
※貞享四年八月十四日から数日間は「鹿島詣」の旅を行う。
貞享四年（一六八七）十月二十五日～五年（一六八八）八月下旬
　約十カ月に及ぶ「笈の小文」「更科紀行」の旅

貞享五年（一六八八）八月下旬～元禄二年（一六八九）三月二十六日
深川芭蕉庵（第二次）在住
※芭蕉庵を譲渡したため、最後の約一カ月は杉風の庵に滞在。
元禄二年（一六八九）三月二十七日～四年（一六九一）十月二十九日
約五カ月に及ぶ「細道」の旅とその後の上方滞在
※「細道」の旅は二年八月二十一日に美濃大垣で終結。以後の約二年間は上方に滞在。元禄三年の夏には近江国分山の幻住庵に滞在。
元禄四年（一六九一）十月三十日～七年（一六九四）五月十日
日本橋橘町での仮寓と深川芭蕉庵（第三次）在住
※新芭蕉庵に入るのは四年五月中旬。
元禄七年（一六九四）五月十一日～十月十二日
約五カ月に及ぶ上方方面への最後の旅
※十月十二日に大坂で死去。西国行脚の夢は夢のままに終わる。

約十四年間に大きな旅は四回で、「細道」の旅に続く上方滞在も加えれば、江戸を離れた期間はおよそ四年半。焼け出されるなどの仮寓期間を引けば、三分の二ほどは芭蕉庵にいたことが知られ、行脚と庵住は一対二といった割合になる。旅だけに明け暮れたわけではなく、行脚の期間は意外に少ないという感想を抱かれるかもしれない。それでも、「笈の小文」の旅と「細道」の旅の間が約七カ月であるなど、

「暫《しば》く居ては打やぶり」に近い実態はあったと見てよいだろう。
ただし、それは芭蕉だけのことではなかった。同時代の俳壇には、日本中を旅して『日本行脚文集』*を著した三千風《みちかぜ》*、『俳枕《はいまくら》』*を編んだ幽山《ゆうざん》*のように、旅を好んだ俳諧師はほかにも存在する。また、芭蕉没後、門人の支考《しこう》*・野坡《やば》*らは芭蕉が行けなかった地域も広く開拓して回り、蕉門を全国的なものにしていく。芭蕉があこがれた歌人の西行や連歌師の宗祇《そうぎ》*らにしても、旅に費やした時間や歩いた距離では、芭蕉を凌駕していよう。

紀行文観　それでも、芭蕉ほど「旅の詩人」の名号が似合う人はいない。なぜかと問えば、芭蕉が『奥の細道』（以下には『細道』とも略記）を書いたことで、その中の旅人像が芭蕉のイメージを固定化していったからだ、という解答が浮かんでくる。『細道』の中の〈予（＝自分）〉は、もちろん芭蕉自身をモデルとしたもので、〈予〉も大枠では芭蕉の旅路を襲った行動をとっている。しかし、大枠以外では事実から離れた記述も多く、それは芭蕉の紀行文観にもとづいているのでもあった。
芭蕉が紀行文についての考えを披瀝したものとしては、『笈の小文』の中の次の記述が知られている。思い切った意訳でその大概を示せば（以下、古文類の引用はすべて同様）、以下の通りとなる。
紀行文というものは、紀貫之《きのつらゆき》・鴨長明《かものちょうめい》・阿仏尼《あぶつに》が傑作をものして以来、他はすべて類似の作となり、新味を出すことが難しい。まして才智に乏しい自分の

---

*『日本行脚文集』　三千風による俳諧紀行。七冊。元禄三年跋。四年余、三八〇〇里に及ぶ全国行脚に基づき、日記風の文章の中に交流した俳人や自分の詩歌作品を示す。

*三千風　伊勢射和出身で仙台住の俳諧師。大淀氏。その後に全国を行脚し、相模大磯に鴫立庵を構えた。一六三九～一七〇七。

*『俳枕』　幽山編の発句集。延宝八年序。日本各地の名所や名物を扱う諸家の発句を、国別に集める。

*幽山　京の出身で江戸住の俳諧師。高野氏。後に伊勢久居に移る。歌枕の調査を行い、『和歌名所追考』なども著す。？～一七〇二。

*支考　美濃出身の蕉門俳人。各務氏。美濃派の祖。論客としても知られ、全国を行脚して蕉風を広めた。一六六五～一七三一。

筆で、それが叶うとも思えない。その日は雨が降り、昼から晴れた、どこそこに松があり、あちらに何々という川が流れている、といったことは、誰にだって書けること。宋代の黄山谷《こうさんこく》・蘇東坡《そとうば》が残した詩のように斬新でなければ、記したところで意味がない。とは思うものの、行く先々で心に残った風景や、山野に旅寝した労苦だって、話の種にはなるだろうし、自然と付き合い風雅（文芸・俳諧）を行う一助になるかもしれない、と自分に言い聞かせ、記憶に残るあれこれを、後や先やとかき集めることである。

主要な論点は、以下の三点であろう。その一は、紀貫之*の『土佐日記』、当時は鴨長明*が書いたとされた『海道記《かいどうき》』『東関紀行《とうかんきこう》』、阿仏尼*の鎌倉紀行である『十六夜《いざよい》日記』など、すでに紀行文には秀作があり、これらを凌駕することは困難であること。その二は、天気やら見聞やらをただ並べてもつまらず、書くなら表現の新しさが求められること。第三は、それでも風景や感慨を記すことが風雅に通じると信じ、自分は書いているということ。謙辞の部分を差し引いて本音を探れば、何とか先行作を超克しようと、事実の羅列とは一線を画した作品の実現をめざしている、ということになろう。

芭蕉の紀行文

芭蕉にとって、紀行文執筆の目的が旅の忠実な再現になかったことは、ぜひとも記憶にとどめていただきたい。そのことを知れば、『細道』に事実との齟齬《そご》が多いことも、よく納得されるはずである。また、この紀行文観を前提

---

* **野坡** 江戸の蕉門俳人。志太氏。商家（越後屋）の手代で、後に俳諧師となる。「かるみ」の同伴者で、西国行脚を通じて蕉風を広めた。一六六二～一七四〇。
* **宗祇** 室町時代末期の連歌師。『新撰菟玖波《つくば》集』を編んだ連歌界の第一人者。芭蕉が敬愛した一人で、各大名などを訪ねながら多くの旅を重ねた。
* **紀貫之** 平安時代前期の歌人で、『古今和歌集』の撰者。『土佐日記』は任地の土佐から京への航海に基づく。
* **鴨長明** 鎌倉時代前期の歌人で、『方丈記』の著者。『海道記』『東関紀行』の作者は未詳。
* **阿仏陀** 鎌倉時代中期の歌人で、藤原為家の側室。領地に関する訴訟で鎌倉に下った。

にすれば、芭蕉の旅と紀行文とを混同することなく、両者を切り離した上で、作品そのものの特色や作者の創作意図を探っていけばよい、ということにもなる。実際、同行者である曾良*の日記（『曾良日記』と仮称する）が残り、諸本の比較を通して推敲の跡もたどりやすくなったことから、芭蕉が何に苦心して『細道』を書いたのかという点については、ある程度まで解明が進んでいる。

そうはいっても、〈予≠芭蕉〉と了解しながら、いつの間にか〈予＝芭蕉〉として読んでしまうことは十分にありえるし、文学作品を読む愉悦の一つは、そうした「虚実皮膜《きょじつひにく》の間」*をたゆたうことにあるのかもしれない。もちろん、読んでいる自分が〈予〉に同化して旅の気分を味わうのもよいし、芭蕉を追いかけ、『細道』を片手に東北・北陸への旅に踏み出してみるのも楽しい。そうしたくなるだけの魅力が、たしかに『細道』には備わっている。

やや欲張った願いながら、松尾芭蕉という人物と、芭蕉が実際に行った「細道」の旅と、その成果として芭蕉が著した『奥の細道』という作品を、三つながらに扱う本書では、作品自体を読んで楽しむことに主軸は置いた上で、作者の意図や文芸に対する思いを探る視点も忘れず、同時に旅案内的な要素も取り入れたいと考えている。そうした目論見の下、第Ⅰ章では芭蕉自身の生涯をたどり、第Ⅱ章では行程に沿って『細道』の特色と魅力を記し（旅の事実については脚注に摘記する）、第Ⅲ章では旅の要所や記念施設を紹介することにしたい。

＊曾良　信濃諏訪出身で、江戸住の蕉門俳人。芭蕉庵の近くに住んで芭蕉の生活を助け、「細道」の旅に同行した。一六四九〜一七一〇。

＊「虚実皮膜の間」　芭蕉・西鶴とほぼ同時代の浄瑠璃・歌舞伎作者、近松門左衛門の語った芸談に見られる表現。事実と虚構の間にこそ芸の本質があるというもので、広く文芸一般に当てはめられよう。『難波《なにわ》土産《みやげ》』に聞書として採録。

I

松尾芭蕉の履歴書

松尾芭蕉の略歴

寛永21年	伊賀上野の松尾家に誕生。
寛文 4年	重頼編『佐夜中山集』に宗房号で入集し、俳壇に登場する。
寛文12年	『貝おほひ』を奉納して、江戸に移住する。
延宝 5年	この年か翌年、念願であった俳諧宗匠として独立。
延宝 8年	日本橋の住居を引き払い、深川に移住。以後、俳諧の推進に生涯を費やす。
元禄 2年	曾良をともない、奥羽・北陸地方へ「細道」の旅に出立。大垣到着後、約二年間は上方で過ごし、『猿蓑』を完成させる。
元禄 6年	『奥の細道』の執筆を開始。西村本の完成は翌7年4月。
元禄 7年	中国・九州地方をめざした旅に出立。大坂で病床につき、10月12日没。

一　俳諧という文芸

芭蕉と俳諧

芭蕉のイメージを問われれば、悟達し老成した人物像を思い浮かべるのが一般であろう。芭蕉自身が「翁《おきな》（老人）」を自称し、門弟からもそう呼ばれていた（ただし、当時は四十歳が初老で、翁は敬称でもあった）のだから、それも無理からぬところではある。しかし、芭蕉にも少年期や青年期はあったのだし、自ら若き日を回想した文章（「幻住庵記」等）の中で、かつては出世を望んだこともあった、と語っている。悟達や老成のイメージは、主として元禄期の言動等にもとづき、後世に定着したものと見て間違いない。そうした偶像を取り払ってみると、伊賀上野に生まれた少年が俳諧《はいかい》という文芸に出合い、やがて芭蕉となってその歴史を塗り替えていく過程には、さまざまなドラマが隠れていそうである。

ところで、芭蕉の職業は何であったかというと、事典類では俳諧師《はいかいし》とされることが多い。俳諧師とは俳諧で生計を立てる人をさすことが多く、その大半は、句会に出ての指導料や、作品の加点・添削をした謝礼で暮らす点者《てんじゃ》（判者《はんじゃ》とも）であった。芭蕉の場合、深川移住以後はそうした点業《てんぎょう》を廃するのだけれど、多くの門人を擁し、その援助で暮らしたことはたしかであり、俳諧一筋の後半生であったことからも、

伊賀釣月軒

深川芭蕉稲荷神社

広い意味では俳諧師と呼んでさしつかえないであろう。その「俳諧」とは、もともとは「滑稽・諧謔」と同義の語で、要は面白おかしいことをいう一般語。後述するように、滑稽味を主眼にした連歌《れんが》が「俳諧連歌」と呼ばれ、やがて「俳諧」と略称されるようになったものである。

蕉門の土芳《どほう》*は俳論書『三冊子《さんぞうし》』*で、芭蕉の俳諧がそれ以前の俳諧とどう違うかを論じ、「名は昔と同じ俳諧であっても、昔の俳諧と同じではない。〈誠《まこと》の俳諧〉ともいうべきものだ」と述べている。名称は同じでも内実は異なり、蕉風以前の貞門・談林が言語遊戯を中心とした〈詞《ことば》の俳諧〉であるのに対して、芭蕉は〈誠の俳諧〉を打ち立てたというのである。「誠」は事物の本質や真実のことであり、それを深く真剣に探ることでもあろう。では、そうした「誠」をもつようになった俳諧は、和歌や連歌とどう異なるのだろうか。また、俳諧本来の滑稽性と

＊**土芳**　伊賀の蕉門俳人。服部氏。伊賀藤堂藩士で後に致仕。一六五七〜一七三〇。

＊**『三冊子』**　土芳著の俳論書で、芭蕉の俳論を知る上で基本的な文献。

はどのような関係になるのだろうか。

和歌・連歌・俳諧

右の疑問に応じるため、日本の韻文の歴史をざっとたどっておきたい。そもそも、「うた」は節《ふし》を付けて歌うもので、術語としてはこれを「歌謡」と呼ぶ。声に出して歌うのだから、音を延ばし休みを入れることもあって、一節中の文字数に決まりはなかった。やがて歌も書記されるようになり、定型化が起こると、それらに「和歌」の名が付く。音の長さがすべて等しい日本語で、歌わずに韻律を作ることは難しく、そこで編み出されたのが、五七のくり返しによるリズムの生成であった。すなわち、「五七／五七／五七／…／五七／七」の長歌、「五七／五七／五」の短歌といった具合である（最後の「七」は余情・余韻の効果をねらったものでもあろう）。

和歌の中でも短歌が主流になると、「五七／五七／五」から「五七五／七七」への変化が起き、長句（五七五）と短句（七七）を二人で詠む試みを招き寄せる。すなわち、「連歌」の始まりである。和歌の変容は内容面にも及び、万葉時代の歌にはあった「俗」（日常性）を排除し、「雅」（高尚性）の文芸として大成する。対する連歌は、本来的に機知を楽しむ社交的・即興的な性格が強く、俗の要素も嫌わずに詠み飛ばすものであった。予想外の作ができる楽しさから、やがて複数の人間が長句・短句を交互につなげるようになると、円滑にことが運ぶよう式目《しきもく》（ルール）も整備され、連歌も和歌に準じて雅の文芸へと変貌する。

ただし、本来の滑稽性・日常性をもった連歌が消えてしまったわけではない。これが「俳諧連歌」（略して「俳諧」）と呼ばれ、江戸時代に広く階層を超えて流行するのである。百韻《ひゃくいん》（百句）に代わり、歌仙《かせん》（三十六句）が一般化するとともに、七七の前句題に五七五を案じるなどして競う「前句付《まえくづけ》」も開発され、これが広く民衆の心をとらえていく。また、連歌の第一句である「発句《ほっく》」だけを単独で詠むことも、中世の連歌時代からすでにあり、これも盛んに行われていく。明治期の正岡子規*らは、この発句に「俳句」の名を与えて独立させ、「連句」（「俳諧連歌」に対する新たな呼称）には作品全体を統括する主題がなく、集団で行う点も問題であるとして、これを否定。そのことが現在にまで影響しているわけである。

　このように、日本の韻文史では、一ジャンル内で俗から雅への変化が起きると、俗の要素をもった別ジャンルが勃興する、ということがくり返されてきた。〈詞の俳諧〉を〈誠の俳諧〉に改めた芭蕉の俳諧を、俗文芸から雅文芸に変わった和歌・連歌の場合と同じようにとらえる見方も、たしかにありえる。しかし、芭蕉は俳諧から俗の部分を切り捨てようとはせず、俳諧が俗文芸であることに自覚的であった。『三冊子』に録されて有名な、「漢詩・和歌・連歌・俳諧はいずれも風雅である。俳諧は上の三者が扱わない領域まで入り込み、どんなことも対象にする」の発言からもそれは明らかで、この「風雅」は詩歌の意。俳諧を漢詩・和歌・連歌と同等に見なし、その上で、他が捨てたことを拾い上げるところに独自性があるとする。この

＊**正岡子規**　明治期の俳人・歌人で、俳句・短歌の革新を行った。一八六七～一九〇二。

意識こそが、芭蕉の創作を根底から支えるものであった。

貞門と談林

次に、蕉風以前の俳諧についても略述しておきたい。江戸時代に入り、和歌・連歌や古典文学などに通じた松永貞徳《ていとく》*の門からは、専門的に俳諧と取り組む人々も出現する。貞門《ていもん》（貞徳門を略した言い方）の誕生であり、近世初頭の約五十年間に行われた俳諧は、広い意味で貞門俳諧といってさしつかえない。室町期の俳諧連歌を襲い、言語遊技にもとづく滑稽を標榜するとはいえ、貞徳の意向にもとづき、猥雑な哄笑《こうしょう》性には歯止めがかけられていた。貞徳は、俳言《はいごん》（俗語や漢語など和歌・連歌に用いない語）を使ったものが俳諧であると規定し、付合では付物《つけもの》（ある詞と縁のある詞）の使用を重視した。その意味でも、たしかに貞門俳諧は〈詞の俳諧〉であった。

やがて停滞ぎみとなった貞門俳諧に対し、俳諧本来の自由な笑いを取り戻そうとしたのが談林《だんりん》派の面々で、連歌師の西山宗因《そういん》*を頭目に仰いだことから、当時は宗因流などと呼ばれた。主要な作者に大坂の西鶴《さいかく》*、京の高政《たかまさ》*、江戸の松意《しょうい》*らがおり、芭蕉もまたその動きに同調する一人であった。ちなみに、「談林」は仏教寺院の学問所を意味し、松意の一派が俳諧談林を呼称したことから、のちに宗因流の代名詞となったもの。貞門俳諧からの移行者が多く、俳壇では貞門対談林の抗争といった事態まで出現する。その流行は延宝期前後の約十年間にとどまり、天和期に入ると宗因の死去に伴い、高政・松意らは活動を停止、西鶴は小説界へと転じ、芭蕉は蕉

＊**松永貞徳**　和歌・連歌などに広く通じる近世初期の文化人。俳諧は和歌・連歌を行うための階梯と考え、奔放な笑いには抑制的であった。一五七一～一六五三。

＊**西山宗因**　近世初期の連歌師で、大坂天満宮の連歌所宗匠。余技で行う俳諧が評判となり、若い人々から新風の総帥に担がれる。一六〇五～一六八二。

＊**西鶴**　大坂の俳諧師。井原氏。独吟・速吟の矢数俳諧で名を売り、『好色一代男』以後、数々の小説で評判となる。一六四二～一六九三。

＊**高政**　京都の俳諧師。菅野谷氏。荒唐無稽な付合で一世を風靡した。生没年未詳。

＊**松意**　江戸の俳諧師。田代氏。その一派は談林を名乗り、宗因流をいち早く鼓吹した。生没年未詳。

風俳諧を拓いていくことになる。

では、貞門と談林が隔絶したものかというと、そうではない。笑いにも節度が必要と考え、意味が通らない句を否定する貞門に対し、談林では節度などを度外視し、意味不通をも有効な笑いの手段として利用する。そこに最大の違いはあるものの、俳言や付物の活用という点になると、両者の基盤は基本的に変わらず、談林も〈詞の俳諧〉であることに変わりはない。また、掛詞《かけことば》・見立《みたて》などの手法や、種々の知識（古典文学を背景とするものが多い）の重用という点でも、やはり両者は基盤を等しくしている。要は、そうしたものの上で一句を無難にまとめる貞門に対し、談林はあえて大いにふざける姿勢を示していたのである。

一般に、貞門・談林は、言語遊戯に走った低次元のものと見られることが多い。しかし、文字を獲得した広範囲の人々に表現する楽しさを教えたのは、こうした俳諧にほかならない。貞門の俳諧師たちは、啓蒙的な意図もあって、季語や付物の一覧化を行い、古典文学の注釈にも取り組んでいる。芭蕉が師と仰ぐ北村季吟《きぎん》*はその代表的な一人で、彼ら俳諧師が学問的知識を出版によって公開した意義はきわめて大きい。また、談林が飛躍的な発想を競ったことも重要で、西鶴の小説も芭蕉の蕉風俳諧も、これなしには成立しなかったといってよい。

蕉風俳諧が勃興する以前の俳諧史を略述すれば、ほぼ以上のようなことになる。これらを念頭に置きながら、以下、芭蕉の履歴書をたどっていくことにしたい。な

＊北村季吟　近江出身で京住の俳諧師・歌人。貞徳直門の一人。古典文学に造詣が深く、門弟らに講義すると同時に、多くの作品を注釈して出版した。一六二四〜一七〇五。

お、俳風の変化とも連関するかのように、伊賀上野時代は宗房、江戸に出てからは桃青、深川移居後は芭蕉と、その俳号にも変化がある。しかし、書き分けはかえって混乱を招きかねないので、本書では基本的に芭蕉号で記述を進め、各号の初出をそのつど指摘するにとどめる。また、俳風の変化にともない、芭蕉の筆跡も大きく変化していくことが知られている。興味深いことながら、本書の目的をはずれることにもなるので、これ以上の言及は控えることにしたい。

二　若き日の芭蕉

伊賀での動静

寛永二十一年（一六四四）、伊賀上野の松尾与左衛門家に次男が誕生する。幼名は金作、長じて宗房《むねふさ》と名乗り、甚七郎ないし忠右衛門を通称とした。後の芭蕉である。家は無足人《むそくにん》（無給の准士分）階級の末裔というも、実態はさほど裕福でない農民。生家は後の赤坂町にあり、当時の地図に百姓町と記されている。母については確実な情報を欠くも、長兄である半左衛門のほか、一姉三妹のいたことが知られている。十三歳の時に父が死去。長子相続が原則なので、次男の宗房は自活の道を探る必要があり、十代の後半に士《さむらい》大将である藤堂新七郎家*に奉公する。

＊藤堂新七郎家　藤堂藩は伊勢と伊賀を所領し、藩主は伊勢に在住。新七郎家は伊賀における重臣であった。宗房はこの新七郎家で台所用人ないし料理人を務めたとされている。が、そもそもは良忠の近習役のような係であった可能性が高い。俳諧もその感化で覚えたのであろう。

長男であれば家を継いだに相違なく、俳諧師芭蕉の誕生はありえないことになる。

同家には嫡子《ちゃくし》の良忠《よしただ》がいて、芭蕉より二歳の年長。俳諧を好んで京の季吟に教えを受け、蝉吟《せんぎん》の俳号をもっていた。芭蕉はその話し相手であったらしく、ともに俳諧を行うようになる。二十一歳となった寛文四年（一六六四）、重頼《しげより》編『佐夜中山《さよのなかやま》集』*に宗房号で発句二を採られたのが、芭蕉の俳壇デビュー。その後もいくつかの俳書に句を採られ、藤堂家では嫡男の愛顧を得て、芭蕉なりに人生の設計図を描いていたかと推測される。すなわち、良忠が当主になれば士分になれるかもしれず、それは無理でもこの人に仕えていれば間違いない、といった具合に。ところが、頼りの良忠は病のため、寛文六年（一六六六）に世を去ってしまう。仮にこの人が長命であれば、やはり俳諧師芭蕉の誕生はなかったかもしれない。

芭蕉生家

藤堂家を辞した時期を含め、その後の動静はよくわかっていない。ただ、「伊賀上野住宗房」として俳諧を続けていたことは確実で、発句《ほっく》合《あわせ》の『貝おほひ』*を作り、菅原道真公七百七十年忌に当たる寛文十二年（一六七二）の一月

*『佐夜中山集』　寛文四年の跋をもつ俳諧撰集。編者の重頼は松江氏で、京住の俳諧師。貞徳直門の一人。一六〇二〜一六八〇。近世最初の俳諧撰集『犬子《えのこ》集』の刊行以来、多くの撰集を手がけ、それらは新人の登龍門的な役割も果たした。

*『貝おほひ』　松尾宗房が編んだ俳書で、寛文十二年（一六七二）正月二十五日の自序を備える。自作を含む伊賀俳人の発句六十を左右三十番の取り組みとし、宗房が勝負を決して判詞を加えたもの。江戸移住後に書肆の中野半兵衛から上梓。

二十五日、上野天神宮の菅原神社に奉納している。芭蕉が主催者と判者役を兼ねることは、当地の俳壇で主導的立場にあったことを知らしめるに十分で、句や判詞に見られる豊かな言語感覚からは、その才の非凡さも感得される。談林の流行を見越したかのように、享楽的な気分が全編に横溢する点も注目されるところ。これを一つの契機として、芭蕉は故郷を離れ、活躍の舞台を江戸へと移していく。

なお、良忠（蟬吟）が師事した季吟は、公家・武家らとの幅広い交流をもつ、俳壇の旧勢力を代表する存在。良忠が折々の句稿や進物を届けるたびに、芭蕉が使者役を仰せつかった可能性は大きい。実際、後年の芭蕉は季吟を「吟先生」と呼び、門弟にも季吟は自分の師であると語っていたらしい。季吟からすれば、大切なのは藤堂家との関係をつなぐことで、芭蕉はそこに奉公する俳諧愛好者の一人に過ぎなかったであろう。それでも、季吟と多少なりとも縁がもてたことは、芭蕉の俳諧人生に相応の意味をもつことになる。というのも、季吟に教えを受けた人々の間には一種のネットワークがで

伊賀上野天神宮の菅原神社

き、江戸に移った芭蕉はここから多くの恩恵を受けることになるからである。

江戸での活動　寛文十二年の芭蕉は、而立《じりつ》（三十歳）を目前にした二十九歳。江戸移住を敢行した画期的な年であり、ほどなく『貝おほひ』を刊行することからも、これは俳諧師として生きる決意の現れと位置づけられる。同書の天満宮奉納もその祈願のための行動と見られ、寛文十二年は、後に「自分は九年間を市中で暮らし、深川に移った」（『続深川集』所収「しばの戸や」句文）と記すところと符合する。

一つの問題は、延宝二年（一六七四）三月十七日、『埋木《うもれぎ》』*という伝書を季吟から伝授されたらしいことで、芭蕉翁記念館蔵本に「宗房は俳諧に熱心なので書写することを許す」という旨の季吟識語がある。これが事実ならば、芭蕉はその日の京で同書を拝受したことになり、寛文十二年の東下と齟齬をきたすことになる。江戸移住を延宝二・三年とする説や伝授自体を疑う説など、種々の意見が提起されるのはそのためである。

伝授の有無については判断が難しく、ここでこれ以上の言及は避けるものの、寛文十二年に芭蕉が東下したことだけは、事実としてまず動かない。藤堂藩では、他国に出た者には就職先の届け出と、五年ごとの一時帰国を義務づけており、芭蕉は同年から五年目の延宝四年（一六七六）に帰郷しているからである。移住後は日本橋大船町などで町名主を務める小沢太郎兵衛（俳号は得入《とくにゅう》）の手伝いをしていたらしく、右の藤堂藩の取り決めからして、出国前に奉公口を決めていた可能性が大き

---

*『埋木』　季吟著の俳諧作法書。明暦二年（一五六五）に成り、秘伝書として複数の者に伝授している。延宝元年（一六七三）に公刊した後も、なお伝授は行っている。

い。当時の旦那衆の多くがそうであったように、得入もその息子（俳号は卜尺《ぼくせき》＊）も俳諧を好み、とくに季吟との関わりをもっていた。前述のネットワークが機能した一例であり、新七郎家から何らかの配慮があったのではないか、とも考えたくなるほど、幸先がよい新生活の開始である。ともあれ、こうして芭蕉は小田原町で小沢家所有の貸家に入り、卜尺らの世話になりながら、俳諧師になることを夢見ていたわけである。

　江戸での動静として明確な最初の事項は、延宝《えんぽう》三年（一六七五）五月、折から東下中の宗因が出座する百韻一巻（『談林俳諧』所収）に参加したことで、以後、ここで用いた桃青《とうせい》の号が正式な俳号となる（芭蕉号を使うようになってからも、正式な揮毫《きごう》をする際は、晩年まで「芭蕉庵桃青」「芭蕉翁桃青」などと署名している）。宗因の東下は磐城《いわき》平《だいら》藩の藩主である内藤義概《よしむね》（俳号は風虎《ふうこ》）の招きに応じたもので、興行のすべてに参加する幽山《ゆうざん》＊と似春《じしゅん》＊は、風虎が主催する文芸サロンの常連的な人員であった。風虎は季吟とも親しく、江戸移住以前の似春も季吟門の重要な一人。芭蕉の参加がかなったのも、右のネットワークが機能したからに相違なく、一説によると、東下後の芭蕉は幽山のもとで修行したともされている。いずれにせよ、芭蕉は宗因との一座を機に談林俳諧の推進者となり、数々の興行をこなしていくことになる。

　中でも注目されるのは、信徳《しんとく》＊・春澄《はるずみ》＊・千春《ちはる》＊といった京都俳人が次々に江戸を訪れた折に、芭蕉・似春・幽山らが俳諧交流の相手役になっていることである。信徳

＊卜尺　江戸の蕉門俳人。小沢氏。父の後を継ぎ、大舟町などの町年寄りとなる。?〜一六九五。

＊幽山　京出身で江戸住の俳諧師。高野氏。談林派の中心として活躍し、後に伊勢久居に移る。?〜一七〇二。

＊似春　京出身で江戸住の俳諧師。小西氏。桃青と同調して活躍した後、下総行徳で神官となり、自準に改号。生没年未詳。

＊信徳　京の俳諧作者。伊藤氏。貞門から談林を経て元禄期まで活躍し、やがて宗匠となる。一六三三〜一六九八。

＊春澄　京の俳諧作者。青木氏。信徳と親しく、類似した活動の軌跡を描く。一六五三〜一七一五。

＊千春　京の俳諧作者。望月氏。信徳・春澄と親しく、『むさしぶり』の編者として知られる。生没年未詳。

らはいずれも季吟と少なからぬ縁があり、例のネットワークがここにも大きく作用していることは確実。芭蕉と似春はその後も気脈を合わせていくのとは対照的に、両者が幽山と行動をともにすることはなくなり（右の京都俳人とも別々に俳席が設けられている）、不和が生じていたと考えられる。それは、格下に見ていた芭蕉の躍進に、幽山が驚異と警戒を覚えるに至ったことを、意味しているのかもしれない。そして、大胆な発想と表現を駆使した当時の作を見れば、芭蕉が俳壇を代表する一人になりつつあったこともたしかなのであった。

順風の日々　延宝五年（一六七七）か六年、念願であった俳諧宗匠としての独立を果たしたのは、その一つの帰結であった。これには一定の財力と俳壇的な信用が欠かせず、芭蕉は数年でそれらを手に入れたことになる。財政面では、裕福な杉《さん》風《ぷう》*が早くから門人となり、援助を惜しまなかったことが大きい。日本橋小田原町で魚商を営み、幕府や大名家をも顧客とする大町人で、小沢家とも昵懇《じっこん》の仲。卜尺らと早くから俳諧に遊び、その関係で芭蕉を師とするようになったと考えられる。入門は芭蕉の江戸移住からさほど時を隔てないころであったらしく、そのことは、芭蕉に人を引きつける人間的な魅力が十分であったことをも意味していよう。

三十四、五歳の芭蕉は、江戸という一大都市に居場所と相応の地位をもつようになったわけであり、社会的な信用をも獲得していたことは、同じころ、神田川の浚渫《しゅんせつ》工事に関与したことから裏付けられる。田中善信氏が『芭蕉　二つの顔』（講

＊ 杉風　江戸の蕉門俳人。杉山氏。通称は鯉屋市兵衛。幕府や諸大名に魚を提供する大商人で、芭蕉の生活を支えた最大の援助者。一六四七〜一七三二。

談社選書メチエ　平成十年刊、講談社学術文庫に再録）等で明らかにしたように、これは俳諧で食べられないための賃かせぎなどではなく、人夫の手配などを一手に取り仕切る重要な役目であった。芭蕉自身は後に「幻住庵記」などで、「自分は無能無才のまま、ただこの俳諧という一筋につながってきた」と語っているけれど、それは謙遜に過ぎず、本当は実務的な能力も十分に備えていたことになる。このことを明らかにした田中氏の功績は大きく、この「履歴書」では、ほかにも同氏の説を参照したことを断っておく。

ところで、芭蕉の周辺には寿貞《じゅてい》なる女性のいたことが知られ、風律《ふうりつ》著『小ばなし』には野坡《やば》*から聞いたこととして、「寿貞は翁の若き時の妾《めかけ》」とある。寿貞は晩年に出家した後の名で、俗名は知られていない。芭蕉との関係については諸説あり、芭蕉伝記の中で最大の謎ともいえるものながら、「若き時の妾」が事実であれば、この延宝期に日本橋で同居していたとしか考えられない。当時、「妾」は内縁の妻をいい、奉公職の一つでもあった。公共工事に関わる身となり、俳諧師としても有名になりつつあった芭蕉に、生活上の世話をする女性がいたことは、当時の感覚としてごく自然なことであろう。

この芭蕉の家には、もう一人の同居人がいた。甥の桃印《とういん》で、延宝四年に帰郷した折に、連れ帰ったことが知られている。右の田中説では、桃印と寿貞が駆け落ちをした結果、それらを隠蔽するために桃印を死んだこととし、自らは深川に移ったの

＊野坡　江戸の蕉門俳人。志太氏。越後屋の手代から俳諧師となる。「かるみ」の同調者で、西国行脚などを通じて蕉風の伝播に努めた。一六六二～一七四〇。風律はその弟子で、『小ばなし』は野坡からの聞書をまとめたもの。

だという。現存資料からの実証は不可能ながら、唐突な感もある深川移居を説明する上で、たしかに魅力的な説には違いない。というのも、ほかに何か困難な事態があったようには見えず、深川に移るまでの芭蕉はいかにも順風満帆。杉風と同じころに其角*・嵐雪*・嵐蘭*らが入門して以来、周囲には確実に門弟も増えていたのだし、延宝八年（一六八〇）には『桃青門弟独吟二十歌仙』*等が刊行され、一門の存在と実力も世に示されつつあったのである。

深川移居後の記述に移る前に、寛文・延宝期の俳風を把握するため、貞門調・談林調の発句を一つずつ挙げておきたい。俳壇デビューとなった『小夜中山集』所収の「月ぞしるべこなたへ入《いら》せ旅の宿」は、月光を道しるべにこちらで旅の宿をお取りください、の意。「入せ旅」は「入せ給《た》べ」との掛詞で、全体は謡曲「鞍馬天狗」の「奥は鞍馬の山道の、花ぞしるべなる。此方《こなた》へ入らせ給へや」をもじっている。典型的な言語遊戯の作とはいえ、そのセンスはなかなかのものといえよう。

延宝六年（一六七八）冬、京に戻る春澄への餞別吟「塩にしてもいざことづてん都鳥」（『江戸十歌仙』）は、隅田川の都鳥を塩漬けにしてでも土産にもたせたい、の意。『伊勢物語』九段の「名にし負はばいざ言《こと》問はん都鳥……」を踏まえており、同じもじりでも、都鳥を塩に漬けるという発想の意外性は抜群。貞門・談林の違いをよく示す二句ながら、ともに〈詞の俳諧〉であることもたしかであろう。

＊其角　江戸の蕉門俳人。宝井氏。貞享三年（一六八六）ころに宗匠となる。『みなしぐり』以下の撰集を多く編み、江戸蕉門を牽引した。一六六一～一七〇七。

＊嵐雪　江戸の蕉門俳人。服部氏。武家の出身で、貞享五年（一六八八）ころに宗匠となる。一六五四～一七〇七。

＊嵐蘭　江戸の蕉門俳人。松倉氏。武家の出身で、芭蕉の信頼を得ていた一人。一六四七～一六九三。

＊『桃青門弟独吟二十歌仙』　杉風・其角・嵐雪ら蕉門二十一人の独吟歌仙を集めたもので、延宝八年（一六八〇）四月刊。

三　俳諧の転換期

深川芭蕉庵

その延宝八年の冬、芭蕉は日本橋の住居を引き払い、深川に移り住む。種々の説があるものの、その理由については未確定。俳諧を職業にする以上、不便な土地に移る利点はほぼ皆無なのだから、何かよほどのことがあったと想像されるのみである。ここでその問題に拘泥することはせず、これを機に点者として生きることをやめ、門人からの援助を受けながら、求める俳諧の推進に生涯を費やすようになることだけを、指摘するにとどめる。点者には客におもねる幇間《ほうかん》（太鼓持ち）的な側面も必要であったことを思えば、日本橋に住んだままで後の蕉風俳諧が生まれたかどうか、はなはだ疑問である。いかなる理由であったにせよ、深川への移居は、蕉風の成立に不可欠の行動であったといってよい。三十七歳の芭蕉は、俳諧師として大きな岐路に立っていたわけである。

ここでもう一つ確認しておきたいのは、俳諧が基本的に連衆を必要とする、集団的な文芸であるということ。深川はその点で不利な土地柄であるものの、営利的な活動をやめた以上、熱心な門弟との時間を確保するにはかえって好都合であった。生活面での支援は主として杉風が担当。人工河川である小名木川《おなぎがわ》が隅田川に合流す

深川三叉の芭蕉像

る三叉《みつまた》（現東京都江東区常盤1）で、そのほとりの借家に住むようになったのも、深川に別宅をもつ杉風の斡旋《あっせん》があってのことであろう。門人の植えた芭蕉が繁茂したことから、この家が芭蕉庵と呼ばれ、其角らが熱心に通って蕉風俳諧の拠点となっていく。庵の主人が「わび」（欠如・不如意による落胆から転じ、簡素な生活や閑寂な風趣を肯定的にいうようになったもの）や「風狂」（常軌を逸するほど風雅に没頭する姿勢や傾向）をよしとすれば、それは一同の実践として句作にいかされていく。

庵主芭蕉の理念や志向はこうして共有化され、前掲の『独吟二十歌仙』もそうであったように、其角の発想と杉風の出資によって俳書に結実する。延宝九年（一六八一）一月に京の信徳・春澄らが『七百五十韵』を刊行したのを受け、桃青・其角らは同年七月に『俳諧次韻』*を上梓。注目すべきは、その間の五月十五日付麋塒《びじ》宛書簡の中で、芭蕉は世に行われる俳諧を「古風」と断じ、これを超えるための教えを伝えていたことである。中でも重要なのは、詞の縁に頼る親句《しんく》（二句の関係が明瞭な付合で、貞門・談林作品の多くはこの範疇にある）からの脱却を表明し、新奇をて

＊『俳諧次韻』　桃青・其角・才丸・揚水による五十韻一巻・百韻二巻を出版したもので、京の『七百五十韵』を継いで千句の満尾を意図している。

らう細工（わざとらしい作り事による句の仕立て方）を否定したこと。『次韻』はたしかにその実践であると認められるのに対し、『七百五十韻』には古風な要素が多く、かつて蜜月の仲にあった両陣営間にも懸隔が生じつつあったことが知られる。

激動の天和期

延宝九年は九月二十九日に天和《てんな》と改元され、冬に京の千春が東下する。その交流の成果をまとめ、帰洛後の天和二年（一六八二）三月に刊行した『むさしぶり』*は、蕉門撰集ともいうべき内容のもので、はじめて芭蕉の号が使われた俳書として知られる。発句や連句では、想像力を駆使して内容を案じ、具象性を重視して句作する方向への一歩が踏み出されており、これが蕉風の基本路線となっていく。そして、同書の成立に協力した其角はこの経験をいかし、同書を拡大する形で『みなしぐり』*を編み、天和三年（一六八三）六月に刊行する。漢詩文調俳諧を代表する一書として名高く、『荘子』や漢詩の学習を通じて従来の俳諧を超えようとする姿勢が顕著である。

　この間、天和二年十二月二十八日に大火で芭蕉庵を失い、九死に一生をえたことは、芭蕉の死生観に大きな影響を与えたに相違ない。

『みなしぐり』表紙

＊『むさしぶり』　千春が東下中に興行した連句と蒐集した発句をまとめたもので、蕉門の俳人がそのほとんどを占める。内題は「武蔵曲」。

＊『みなしぐり』　其角が編んだ蕉門初の撰集で、漢詩文の影響が濃い天和調俳諧を代表する一冊。内題は「虚栗集」。

翌年夏には甲斐国谷村《やむら》に国家老高山伝右衛門（俳号は麋塒）を訪ねており、これは貞享以後の旅につながる布石として興味深い。また、この前後、仏頂《ぶっちょう》和尚＊から禅を学んだことも、芭蕉の内面の変化に大きく関与したと見て誤らない。鹿島にある根本寺の住職であった仏頂は、鹿島神宮との所領争いを解決する訴訟のため、深川に庵を設けて滞在していたのであり、『奥の細道』にも人柄の高潔で無欲なことが記されている。

　このように、深川移居後の四年間は激動期というべきで、芭蕉には大きなできごとが次々と起こっている。そのことを反映するように、俳諧もダイナミックに変貌し、「櫓《ろ》の声波ヲうつて腸《はらわた》氷ル夜《よ》やなみだ」「芭蕉野分《のわき》して盥《たらい》に雨を聞夜《きくよ》哉」（『むさしぶり』）など、誇張された自画像ともいうべき句が作られている。川波を聞いて涙する「自己」も、芭蕉葉を揺さぶる台風下で雨漏りに耳を澄ませる「自己」も、それまでの俳諧では詠まれることのないものであった。芭蕉の俳諧は確実に動き出しており、天和三年冬には門人らの努力で成った新生芭蕉庵に入り、俳諧革新の実践をさらに重ねていく。そして、翌四年は二月二十一日に貞享と改元され、ここで芭蕉の俳諧はさらに飛躍することになる。

「野ざらし」の旅

　貞享元年（一六八四）八月中旬、芭蕉は帰郷を一つの目的とした「野ざらし」の旅に出立する。不惑《ふわく》（四十歳）を越えた四十一歳の、さらなる飛躍の第一歩であり、同行者は大和の竹内村《たけのうち》に帰郷する門人の千里《ちり》＊。東海道を上

＊仏頂和尚　臨済宗の根本寺二十一世。貞享四年（一六八七）の鹿島行は仏頂を訪ねての月見を意図したもの。深川の庵は臨川寺となって今に至る。

＊千里　大和竹内村出身で江戸住の蕉門俳人。苗村氏。?〜一七一六。

大垣木因像

り、伊勢参宮をすませて伊賀上野に着いた後、大和・吉野・山城から美濃に入って大垣を訪れ、木因《もくいん》*の仲介で桑名《くわな》・熱田《あつた》・名古屋を歴訪。伊賀・奈良・京都などを巡り、甲州街道を使って帰江の途につき、深川に戻ったのは翌二年四月末。冒頭句「野ざらしを心に風のしむ身《み》哉」から『野ざらし紀行』と仮称される紀行の執筆は、同三年ころからはじまったようで、巻子本形態の自筆本（初稿）とこれを推敲した自筆自画の絵巻物が成り、さらには門人の濁子《じょくし》*に後者を清書させている。

野にさらされるわが身の白骨を思い描きながらの出立という、強い印象を残す句から旅が始まるのは、天和期以来、風狂性の表出をよしとしてきた俳諧観の反映にほかならない。また、「道のべの木槿《むくげ》は馬にくはれけり」「春なれや名もなき山の薄《うす》霞《がすみ》」といった句の散見されることも、作風の変化という点から注目すべきであろう。眼前の事象をそのままとらえても詩になると発見した意義は大きく、「名もなき」ものへの着目も、非和歌的な素材の中に詩を探る試みとして重要である。「海くれて鴨《かも》の声ほのかに白し」などの感覚的表現を含め、芭蕉はたしかに発句の可能性を切り開きつつあったといってよい。

より現実的な旅の成果としては、各地に門人ができ、江戸以外に蕉門が成立する

＊木因　美濃大垣の俳人で船問屋を経営。谷氏。天和期に芭蕉と信頼関係を築き、美濃・尾張俳壇と芭蕉を結びつけた。一六四六～一七二五。

＊濁子　美濃大垣の蕉門俳人で大垣藩士。中川氏。絵画にも才を発揮した。生没年未詳。

桑名七里の渡

桑名「明ぼのや」句碑

出発点となったことも挙げられる。この旅には木因の招きに応じたという側面があり、木因は延宝末年から芭蕉と文通で意気投合し、『むさしぶり』『みなしぐり』にも入集する同調者の一人であった。今回の訪問では、大垣が蕉門の重要な拠点になると同時に、木因の仲介で尾張の諸地域に芭蕉の親派が生まれていく。中でも名古屋で荷兮《かけい》*・野水《やすい》*・杜国《とこく》*らと五歌仙を巻き、これが『冬の日』*と題して刊行された意義は大きく、同書は後に「俳諧七部集」*の第一に選ばれる。発句ばかりでなく、連句においても新風の開拓が進みつつあったのである。

この旅の収穫として挙げるべき一つには、天命の自覚ということもある。紀行には、富士川のほとりで捨子《すてご》に遭遇し、「これがおまえの天命なのであり、その身の不運を泣くしかない」と言い捨てながら、食物を投げて通

＊荷兮　名古屋の蕉門俳人で貞門以来の俳歴をもつ。山本氏。『冬の日』『はるの日』『あら野』を編集・刊行。一六四八～一七一六。

＊野水　名古屋の蕉門俳人で呉服商。岡田氏。『猿蓑』の歌仙にも参加する。一六五八～一七四三。

＊杜国　名古屋の蕉門俳人で米穀商。坪井氏。罪に問われて領内追放となり、「笈の小文」の旅の一部に同行。?～一六九〇。

＊『冬の日』　荷兮編の連句集。芭蕉を迎えて興行した歌仙五巻を収録。貞享元年（一六八四）の奥書をもち、刊行は翌二年と見られる。

＊「俳諧七部集」　『冬の日』『はるの日』『あら野』『ひさご』『猿蓑』『すみだはら』『続猿蓑』からなる叢書の名称。享保期に柳居《りゅうきょ》が七点を確定し、宝暦期に一括販売されるようになった。

る場面がある。虚構性の強い行文で、これがそのまま事実かどうかはわからない。それよりも、芭蕉がこの場面を敢えて加え、「天命」を強調したことが重要なのであり、このことは、伊勢で神前に入ることを許されず、「僧に似ながら俗気があり、俗人に似ながら髪はない」と自らを描くことに通じている。芭蕉はこれ以前（天和期か）から、髪を下ろして僧衣をまとう法体《ほったい》の姿になっており、そのこと自体は、当時の俳諧師として珍しいことではない。そうしたわが身を見つめ、聖・俗いずれにも迎えられない、無力な自分を確認したことが肝心なのであり、これが、無用者のまま風雅の世界に邁進するしかないという覚悟につながっていく。

四

旅に生きる日々

貞享期の充実

帰江後の芭蕉は、『野ざらし紀行』の完成に意欲を示すと同時に、門人との連句会を盛んに行い、発句でも新生面を示していく。有名な「古池や蛙《かわず》とび込《こむ》水の音」（『蛙合《かわずあわせ》』）が詠まれたのも貞享三年（一六八六）で、この時期は、「名月や池をめぐりて夜《よ》もすがら」「初雪や水仙の葉のたはむまで」など、素直な表現と安らかな調べの中で、風雅な行為に没頭する自己を叙した句や、見逃されがちな対象の微細な動きをとらえた句も生まれている。それらは天和期以来の模索が実を結んだもので、〈詞の俳諧〉から〈誠の俳諧〉への転換が、四十三歳ころの芭蕉によってたしかに進められていたのである。

貞享四年（一六八七）八月十四日、芭蕉は名月を常陸国鹿島《かしま》（現茨城県鹿島市）で見ようと、門人の曾良《そら》*と近隣の僧である宗波《そうは》*をともない、深川を出立する。船路で行徳に出た後、鎌谷《かまがや》から布佐《ふさ》まで歩き、舟で鹿島に入るという旅程で、十五日の夜は根本寺に宿っている。禅を学んだ仏頂師が住職を退き、隠寮に住んでいたのを訪ねたもので、当夜はあいにくの雨であったものの、明け方には上がって雨後の月を観賞。鹿島神宮にも参詣し、旧知の自準（似春）を行徳に訪ねて帰江した直後から、紀行の執筆ははじまったようで、『かしまの記』『鹿島詣』等の題をもつ紀行文数種が八月二十五日までに成っている。

芭蕉記念館「ふる池や」句碑

この作品について注目されるのは、文章の後に句を一括して示したことである。すなわち、月を見るまでの紀行を記した後に、月見の句をまとめて示し、さらに「神前」「田家」「野」の題下に句をまとめ、「帰路自準に宿ス」

＊ 曾良　信濃諏訪出身で江戸住の蕉門俳人。河合氏。「細道」の旅の同行者。神道などに通じ、芭蕉没後は幕府の巡見使随員となる。一六四九～一七一〇。

＊ 宗波　芭蕉庵の近所に住む僧侶。最晩年まで芭蕉の世話をした。生没年未詳。

の前書で三物（三句からなる連句の三組）を載せるというもの。文章と句を分ける形態は、後述の『更科紀行』にそのまま踏襲されるほか、『奥の細道』の一部にも応用されていく。この時期の芭蕉は、発句・連句に加え、文章に関する模索もたしかに開始していたのである。また、この鹿島行が旅心に火をつけたかのように、同年十月二十五日、芭蕉はふたたび東海道を西に向かう。

「笈の小文」の旅

今回の旅も帰郷を一つの目的としたもので、「笈の小文」の旅と呼ばれている。出立吟（正確には餞別句会での吟）は「旅人と我名《わがな》よばれん初しぐれ」で、旅人としての天命を自覚し、喜び勇んで旅立つ姿を示したことが注目されよう。尾張の鳴海《なるみ》・熱田・名古屋などを歴訪し、罪に問われて三河伊良胡崎《いらこざき》に蟄居《ちっきょ》中であった杜国を見舞い、岐阜等を経て伊賀上野に帰郷。伊勢で杜国と落ち合い、吉野行脚をともにしたあと、高野山・和歌の浦・奈良・大坂から須磨・明石と巡遊して、京から岐阜へ出ている。さらに門人の越人《えつじん》*を伴って信州更科で月見を楽しみ、善光寺を参詣してから、中仙道を使って帰江の途につき、翌五年（一六八八）

新大仏寺の丈六塚

＊ 越人　北越出身で名古屋住の蕉門俳人。越智氏。「笈の小文」の旅の一部や「更科紀行」の旅に同行。一六五六～？。論客でもあった。

八月下旬に深川に戻っている。

更科月見の記は『更科紀行』として早々にまとめられ、その自筆稿が現存する。前述したように、鹿島月見の記と同体裁のものであり、一つの主題（ここでは「月見」）にもとづく短い紀行文の場合は、この方式に相応の手応えを感じていたと察せられる。これ以前の部分についても、「細道」の旅を終えた上方滞在中に執筆されていたことは確実ながら、部分的な断簡等を除き、芭蕉自筆の全体稿は残されていない。現在、『笈の小文』の題で知られるのは、門人の乙州《おとくに》＊が芭蕉没後十五年目の宝永六年（一七〇九）に刊行したもので、未定稿の部分も少なからずあり、異本類との関係を含め、この作品をどう位置づけるかについては定説に至っていない。芭蕉が完成を放棄した可能性も否定できず、行脚の全体を一紀行としてまとめる困難さに直面していたかのようでもある。

紀行文の問題はともかく、作句面に関しては、この旅によりまた大きな進境が見られるようになる。『笈の小文』からいくつか例示をしても、具象的表現のきわだつ「ごを焼《たい》て手拭《てぬぐい》あぶる寒さ哉」（「ご」は燃料となる松の落葉）、新たな把握を試みる「冬の日や馬上に氷る影法師」、風狂性が共感を誘う「いざ行《ゆか》む雪見にころぶ所まで」、諧謔性と実験精神にあふれた「徒歩《かち》ならば杖つき坂を落馬《らくば》哉」（「杖突坂」は現三重県四日市市にあり、倭建命《やまとたけるのみこと》が杖にすがって越えたとされる。名所の無季句として著名）、真情を吐露した「旧里《ふるさと》や臍《へそ》の緒《お》に泣《なく》としの暮」といった具合で、多彩かつ豊穣な表現世

＊　乙州　近江大津の蕉門俳人で荷問屋を経営。河合氏。芭蕉のよき協力者であった。生没年未詳。

界が展開する。かつて仕えた藤堂家の現当主（良忠の遺児で俳号は探丸《たんがん》）に招かれ、懐旧句として詠んだ「さま〴〵の事おもひ出す桜哉」も、平易な表現の中に万感を込めて印象的な一句といえよう。

なお、この旅について見落とせないことの一つとして、須磨・明石の訪問を挙げておきたい。『源氏物語』で光源氏が流謫《るたく》した舞台であり、在原行平が隠棲した地（謡曲「松風」）でもあると同時に、『平家物語』の古戦場として名高い土地である。そうした多くの伝承が渦巻く歌枕《うたまくら》（和歌によって知られる名所）を訪ね、生きとし生けるものの運命に思いをいたしつつ、「蛸壺《たこつぼ》やはかなき夢を夏の月」の句を詠んだことの意義は大きい。捕食されるとも知らずに眠りをむさぼる蛸も、歴史や文芸で知られる人々も、今を生きる自分たちも、無常の一点では何も変わるところがない。その実感がみごとに具象化された一句であり、俗な「蛸壺」と和歌以来の題「夏の月」も違和感なく結合して、間然するところがない。ここで向き合った生と無常の問題は、『奥の細道』でも大きく扱われることになる。

「細道」の旅へ

帰江後は、杉風や曾良を含む深川の人々を連衆の中心にして、俳諧興行を重ねている。九月十三日には芭蕉庵で後の月を鑑賞し、十二月十七日には同じ芭蕉庵で、古人の貧交になぞらえた「深川八貧」の句会を開催。連句の会も数多くあり、旅を終えて、芭蕉がもう一つの充実期に入ったことを伝えている。元禄二年（一六八九）に入ると、諸方への書簡で奥羽行脚の予定が伝えられ、「笈の小文」

の旅から魚類は口にしていないこと、鉢を抱えて乞食《こつじき》行脚する境涯を理想としていることなども記されている。二月末には芭蕉庵を譲渡して、杉風の別宅（採茶庵《さいとあん》）に仮寓。もう江戸には戻れなくてもよいという秘かな思いが、芭蕉にはあったのかもしれない。

四十六歳にしてさらなる新天地をめざす芭蕉は、元禄二年（一六八九）三月二十七日、曾良をともない、奥羽・北陸地方への「細道」の旅に出立する。その旅程をざっと示すと、千住から日光・那須をへて白河の関を越え、福島・仙台から松島・平泉などを巡り、尿前《しとまえ》の関から山刀伐《なたぎり》峠を越して尾花沢《おばなざわ》・大石田《おおいしだ》に出て、出羽三山順礼を果たしてから酒田を経て象潟《きさがた》を訪ね、ここから越路《こしじ》を南下して市振《いちぶり》・金沢・小松・山中《やまなか》・福井・敦賀《つるが》を歴訪、八月二十一日に美濃の大垣に到着する、ということになる。約五カ月間の旅中、曾良が山中から独り先行した後は、松岡まで北枝《ほくし》＊、福井から敦賀まで洞哉《とうさい》＊、敦賀から大垣まで路通《ろつう》＊が同道している。

この旅が『奥の細道』という作品でどう描かれるかは、第Ⅱ章に詳述するとして、次の

深川採茶庵跡

＊北枝　加賀金沢の蕉門俳人で研刀師。立花氏。金沢蕉門を代表する一人。？～一七一八。

＊洞哉　越前福井の俳諧作者。芭蕉と旧知であったらしく、『奥の細道』では「等栽」と表記される。生没年未詳。

＊路通　蕉門俳人で諸国行脚の乞食僧。斎部氏。当初は「細道」の旅の同行者に予定されていた。奔放な性情から問題を起こしがちで、一時は芭蕉の勘気に触れる。一六四九～一七三八。

三点のみ指摘しておきたい。第一に、芭蕉自身の旅は決して行き当たりばったりのものではなく、作品の記述とは相違があるということ。第二に、去来《きょらい》*が「贈其角先生書」(『菊の香』等)で「奥羽の行脚を経て、蕉門の俳諧は一変した」と喝破するように、この旅によって芭蕉の句境はまた大きく進展したということ。第三に、芭蕉はそのことを『猿蓑《さるみの》』*という撰集に示そうとし、ただちに『奥の細道』の執筆に取りかかってはいないということ。つまり、旅は芭蕉の考え方を鍛え、その俳諧を更新していく原動力ではあっても、旅がただちに紀行文を生み出すわけではなく、その文芸的な形象にはなお模索の日々が必要だったのである。

五 不易流行論の具現化

終わらない旅

大垣での芭蕉は如行《じょこう》*宅に滞在し、俳諧興行にも積極的に応じている。九月四日には大垣藩家老格の戸田如水《じょすい》宅に招かれて対面。如水はその時の芭蕉の印象を、「俗事に拘泥せず、人に媚びることもないし、おごり高ぶる様子もない」(『如水日記抄』)と記している。現世の人間関係にとらわれず、高位の人に会っても自然体でいることを指摘したもので、興味深い芭蕉評といってよかろう。同六日に

* 去来　京の蕉門俳人。向井氏。「西の俳諧奉行」と呼ばれ、芭蕉から多大な信頼を得る。一六五一～一七〇四。
* 『猿蓑』　去来・凡兆編の俳諧撰集。元禄四年(一六九一)七月刊。芭蕉が編集に大きく関与し、蕉風の真髄を示す書として知られる。
* 如行　大垣の蕉門俳人で大垣藩士。近藤氏。生没年未詳。

猿蓑塚

大垣「蛤の」句碑

は伊勢参宮のために大垣を出船。如行らも途中まで同船し、木因は伊勢長島まで送っている。この時の留別吟が「蛤《はまぐり》のふたみに別行《わかれゆく》秋ぞ」（真蹟自画賛）で、『奥の細道』でも掉《ちょう》尾《び》を飾る一句となっている。

　伊勢では長島の大智院に逗留した後、久居《ひさい》をへて山田に入り、内宮・外宮を参拝。この年は遷宮のために伊勢を訪ねる人が多く、門人・知人らと再会を果たしてもいる。九月下旬には伊賀上野に帰郷。その途中の山路で、「初しぐれ猿も小蓑をほしげ也」の句を詠んだものと見られる。これが『猿蓑』という書名の由来であり、同書の巻頭に配され、其角の序文では「伊賀へと越えていく山中で猿を見て、〈蓑を着せてやりたい〉と句に真情を込めれば、猿も生きて断腸の思いを叫び出す。何とも懼《おそ》るべき幻術である」と絶賛されている。この句は、冷たい雨に濡れる猿への憐憫《れんびん》

義仲寺「行春を」句碑

を示しただけでなく、猿を風雅の同士ととらえ、「お前も小さな蓑をまとい俺と風雅の旅に出たいのか」の意を込めたと解すべきであろう。なお、伊賀滞在中も諸方に招かれ、俳諧興行がさかんに行われている。

　十一月下旬には奈良に向かい、さらに京へ出て去来《きょらい》宅などに滞在。『去来抄《しょう》』*によれば、このころから「不易流行《ふえきりゅうこう》」の教えを説くようになったらしい。これは蕉風俳諧の根本的な理念となるもので、あるゆる一切は現象的に変化を続けると同時に、永遠不滅の本質に根ざしているという考え方。「細道」の旅を通してそのことを実感したばかりか、これが俳諧を行う上でも重要であることに気づき、去来たちに披露したのであろう。土芳の『三冊子』や許六《きょりく》*・支考《しこう》*らの俳論書でも言及があり、後述するように、去来と凡兆《ぼんちょう》*を編者に起用し、自らが監修役となって完成させた『猿蓑』にも、この理念が大きく反映している。

　同年十二月には京から近江へ向かい、大津の智月《ちげつ》*や膳所《ぜぜ》の曲水《きょくすい》*を訪ね、木曾義仲を祀った義仲寺《ぎちゅうじ》で越年。翌元禄三年（一六九〇）の歳旦吟は「薦《こも》を着て誰人《たれびと》いま

＊『去来抄』　去来著の俳論書で、芭蕉の俳論・俳諧観を知る上で基本的な文献。

＊許六　近江彦根の蕉門俳人で彦根藩士。森川氏。「かるみ」の同調者で、作・論の両面で活躍した。一六五六〜一七一五。

＊支考　美濃出身の蕉門俳人。各務氏。全国を行脚して蕉風を広め、美濃派の祖となる。論客として知られ、芭蕉の顕彰活動にも尽力した。一六六五〜一七三一。

＊凡兆　加賀金沢出身で京住の蕉門俳人。野沢氏。『猿蓑』で活躍後に芭蕉から離反し、罪を得て入獄した後、大坂で晩年を送った。?〜一七一四。

＊智月　近江大津の蕉門俳人。河合氏。乙州の姉で養母。生没年未詳。

す花の春」（真蹟草稿）で、めでたい新春の句に乞食を詠んだとして、他派の俳人から非難を受けている。芭蕉愛読の『撰集抄《せんじゅうしょう》』（西行仮託の説話集）に載る、身をやつした高僧の逸話を踏まえるものながら、その意図が理解されることはなく、句の主題と同様、凡愚の眼に真実は見えないことを実証した恰好である。落胆した芭蕉は、旧態依然とした俳壇への違和感をさらに深めることになる。と同時に、芭蕉の存在が確固としたものになっていたことも事実で、たとえば、伊賀では新七郎家から招きを受けることが恒例となる。一月四日からの帰郷時も同様で、故郷の温かい対応は芭蕉の活力源にもなったに違いない。

『猿蓑』の発企

三月にはふたたび膳所に出て滞在。伊賀で詠んだ「木のもとに汁も膾《なます》も桜哉」を立句とする珍碩《ちんせき》*（洒堂《しゃどう》）・曲水との三吟歌仙が巻かれ、珍碩はこれをもとに『ひさご』*を編集。同時期、琵琶湖で舟遊びをして、「行春《ゆくはる》を近江の人とおしみける」の句を得る。これが『猿蓑』発句部の巻軸句であり、巻頭「初しぐれ」句と相まって、人々を風雅の世界に誘う意図を暗示する。このころ、芭蕉やその周辺で同書を編む企画が浮上し、作品を寄せるよう、諸方に依頼もなされたようである。句が集まり出してからは、去来の別荘である嵯峨の落柿舎《らくししゃ》や、京の凡兆宅などでしばしば編集会議が催され、『去来抄』が伝えるように、綿密な撰集作りが進められていく。

また、この年の夏は、近江石山《いしやま》の近くにある国分山の幻住庵《げんじゅうあん》に滞在。かつて曲

＊曲水　近江膳所の蕉門俳人で膳所藩の重臣。菅沼氏。後号は曲翠。芭蕉が厚く信頼を寄せた一人。一六六〇〜一七一七。

＊珍碩　近江膳所の蕉門俳人で医者。浜田氏。後号は洒堂。?〜一七三七。

＊『ひさご』　珍碩編の連句集。元禄三年八月刊。歌仙五巻を収録。

水の伯父が住んでいた山中の庵であり、曲水の斡旋でここに一夏を過ごした体験が、俳文「幻住庵記」を生む。滞在中から執筆がなされ、数度にわたる大きな推敲の後に完成した決定稿は、やはり『猿蓑』に収められ、芭蕉俳文の傑作というに足るできばえを示している。この前後、芭蕉は「誹文」「俳諧の文章」といった語を書簡等に用いており、発句・連句に加え、文章でも新しい格を打ち立てようとしていたことが知られている。『猿蓑』の文章篇も計画されながら、門弟の俳文に満足できなかったのか、これは断念。完成した『猿蓑』は、上巻が発句集で、下巻は連句を中心に俳文「幻住庵記」等を加えた構成になっている。

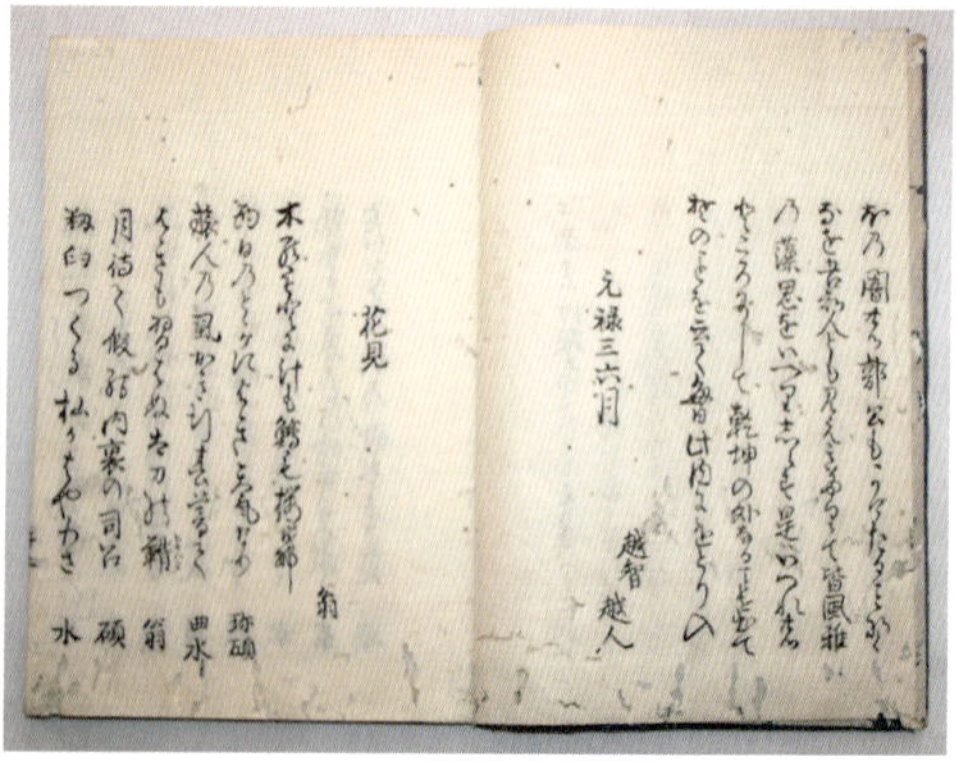
『ひさご』版本

四月八日の入庵後も、浮世から遮断され、一人の世界に没頭していたわけではない。門人・知友らの訪問が少なからずあり、芭蕉が諸方に出した書簡を見ても、路通の不行跡を怒り、杜国の死を知って嘆き、北枝の火難に同情するなど、喜怒哀楽こもごもの精神生活を送っている。世事に心を煩わされながら、結果的にはそうした心労さえ糧にして、芭蕉の俳諧は独特の広がりと深みを加えるのであり、「幻住庵記」もその一成果にほかならない。推敲を重ねるに従い、主題に変化が生じている点も興味深く、ことに注目すべきは、決定稿の末尾で生涯をふり返り、なお迷いから抜け出せない自己を提示したことである。容易に解けない問題を抱え、それでも前に進もうとする姿勢は、後の『奥の細道』でも重要な意味をもつことになる。

話を在庵中の芭蕉に戻すと、六月初めには一時的に京に出て、十八日まで主として凡兆の家に滞在。凡兆の「市中《いちなか》は物のにほひや夏の月」を立句とする去来との三吟歌仙を興行するほか、大坂の之道《しどう》*と会い、入門を許すなどしている。やはり京まで訪ねてきた如行らをともない庵に戻ってからは、「幻住庵記」の執筆・推敲に精励。七月二十三日に庵を引き払い、大津に出てからもその作業は行われ、去来らの意見も仰ぎながら、八月中にようやく最終稿の成立となる。俳諧興行もひんぱんにあり、八月十五日の夜には義仲寺で月見の句会を催し、九月には堅田に赴くなど、忙しくも充実した毎日を過ごしている。

『猿蓑』の完成

九月末には伊賀に再帰郷。十一月は京、十二月は近江に移り義仲寺で越年するといった具合で、この三拠点を往来しつつ、『猿蓑』の完成に向けた日々を送っている。元禄四年（一六九一）になってもそれは変わらず、乙州が江戸へ向かう餞別の歌仙興行後、三月まで伊賀に過ごす間も、奈良で薪能《たきぎのう》を見物し、諸門人から送られた作への批評を書簡に記すなどしている。四月十八日には嵯峨の落柿舎に入り、五月四日までをここで過ごし、芭蕉唯一の句日記である『嵯峨《さが》日記』

＊ 之道　大坂の蕉門俳人。槐木氏。後号は諷竹。大坂の俳人として最初に芭蕉に入門した。一六五九？〜一七〇八。

を執筆。芭蕉の思索と創作の実態を伝える、貴重な資料となっている。去来はもちろん、凡兆・曾良・丈草《じょうそう》*らもここを訪れ、『猿蓑』の編集作業が重ねられていく。

その後は凡兆宅に移り、五月下旬に『猿蓑』の編集も大詰めとなる。刊行は七月三日。入集者を蕉門俳人にほぼ限定し、十分な時間をかけてまとめた結果、「俳諧の古今集」と呼ばれるほどのできばえとなっている。発句集の特色は、題ごとに句をまとめる類題別の配列法を採らず、大きく四季だけに分け、時間の流れに沿いながらも、句と句の連なり具合に工夫を凝らしたことである。各句の表す内容はささやかでも、それらが集まり流れを作ることで、読者はいつしか、生のはかなさや尊さにまで思いをめぐらすことになる。そこには不易流行の世界観がたしかに息づいており、本書が他の俳諧撰集と一線を画する要因は、何よりもこの点にあるといってよい。

芭蕉句だけを見ても、「人に家をかはせて我は年忘《としわすれ》」（新築された乙州邸での吟）などに示されるさりげないユーモア、『源氏物語』を踏まえて詠まれた「粽《ちまき》結《ゆ》ふかた手にはさむ額髪《ひたいがみ》」などの物語的な世界、「頓《やが》て死ぬけしきは見えず蝉の声」などにおける無常観の表出と、その詠みぶりは自在かつ多彩。下巻に収められた歌仙四巻も、連句史の一大成果を示すものとして名高く、俳文「幻住庵記」や「几《き》右《ゆう》日記」*などからなる巻六も、これまでにない意欲的な試みとして注目される。俳文篇の不成立は残念ながら、許六は去来の手元に残った原稿類を譲り受け、大幅に増補した

＊ **丈草**　尾張出身で京住の蕉門俳人。内藤氏。禅を修め、芭蕉没後は近江の庵で服喪した。一六六二～一七〇四。

＊ **「几右日記」**　幻住庵訪問者らが句を書き留めたという体裁で、芭蕉が編集・構成した句集。

『本朝文選』*を後に刊行する。俳文篇の断念が『奥の細道』執筆の一要因であるとの見方もあり、その可能性も否定できない。

同書刊行を見届けた後も、京や近江での俳交は続き、親類の桃隣《とうりん》*を同伴し、義仲寺を出てようやく帰途についたのは、九月二十八日のこと。彦根・大垣・熱田・三河新城《しんしろ》・島田などをへて、江戸に到着したのは十月二十九日。「細道」の行脚に出てから二年半以上にわたる長旅であった。芭蕉庵はすでに人手に渡っているため、しばらく日本橋橘町に仮寓した後、門人らの計らいで新しい芭蕉庵（第三次）の竣工が成り、元禄五年（一六九二）五月中旬に移り住む。そして、以後はここを拠点に、新しい門弟と交流しながら、「かるみ」の実践に励むことになる。この年の芭蕉は四十九歳。すでに得た境地に安住せず、さらなる飛躍に向かう活動の開始である。

六　「かるみ」に向かって

江戸での活動

ふたたび深川で暮らすようになってからの動静を記すと、六月に奥羽行脚を終えた支考の来訪があり、八月には江戸勤番中の許六が入門。この二人は、以後の蕉風俳諧に重要な役割を果たすことになる。九月には「細道」の旅で

*『本朝文選』　許六編の俳文集。宝永三年（一七〇六）刊。後に『風俗文選』と改称。

*桃隣　伊賀出身で江戸住の蕉門俳人。天野氏。芭蕉の血縁に当たる。?〜一七一九。

世話になった出羽の呂丸《ろがん》*や膳所の洒堂も深川を訪問。俳諧興行も芭蕉庵などでさかんに行われている。とくに許六の来庵は多く、また、大垣藩邸にしばしば招かれるなど、さまざまな階層との交流がつづく。元禄六年（一六九三）になってもそのことは変わらず、諸家への書簡執筆も頻繁である。二月には洒堂が『俳諧深川』*を編んで刊行。「かるみ」を追究した最初の刊行物ということになる。

この間の実生活も、決して平穏な日々ばかりであったわけではない。芭蕉庵に住むようになった甥の桃印が重病となり、看病の甲斐なく、元禄六年三月に三十三歳で永眠。七月には自身が猛暑に衰弱し、一カ月の閉関による保養生活を送っている（その体験にもとづく俳文が「閉関《へいかん》之説」）。このころ、庵には寿貞の子（芭蕉の子ではない）である次郎兵衛という少年も同居しており、ここにも何か複雑な事情があったものと想像される。また、右に記した呂丸が三月に、古参門人の嵐蘭が八月に亡くなるなど、親しい人の悲報を受けることも重なり、それらも小さからぬ打撃であったに違いない。

そうした中にあっても、俳諧面での意欲が衰えることはなく、積極的な姿勢が保たれている。ことに注目すべきは、杉風・曾良らの深川系連衆のほか、呉服屋を代表する越後屋《えちごや》の手代であった野坡・孤屋《こおく》・利牛《りぎゅう》、能楽師系の沾圃《せんぽ》*・里圃《りほ》・馬莧《ばけん》ら、新人ともいうべき人々と積極的に交わり、「かるみ」の俳諧を推進していることである。また、起筆の正確な時期は不明ながら、元禄六年の夏ころから、『奥の細道』

---

* **呂丸**　出羽羽黒の蕉門俳人で染物師。芭蕉を出羽三山に案内して入門した。？～一六九三。

* **『俳諧深川』**　洒堂編の俳諧撰集。元禄六年（一六九三）刊。江戸での俳交を記念した集。

* **沾圃**　江戸の蕉門俳人で宝生流の能役者。『続猿蓑』の発企者。一六六三～一七四五。

の執筆も開始されたと考えられている。旅の途次にできた句文にもとづきながらも、場面ごとの中心的内容を明確にして、大胆な創作が加えられている。何回もの推敲が重ねられ、一応の完成形とされる素龍*の清書本（西村本）が成るのは、元禄七年（一六九四）四月のことであった。

「かるみ」の世界

ところで、芭蕉が提唱した「かるみ」とはどういったものなのか、略述しておこう。元禄三年四月十日付の此筋《しきん》・千川《せんせん》宛書簡には「俳諧（連句）でも発句でも、重くれず、持って回ったものにならないように」との教えがあり、それを端的にいえば、理屈や細工を離れることが肝要ということに尽きる。そうした芭蕉の目から見ると、世に行われるのは重くれた俳諧ばかりであるらしく、とくに江戸に帰ってきてからは、点取《てんとり》俳諧（点者が付ける点の多寡を競う遊戯的な俳諧で、しだいに営利的なものとなった）への忌避感を表明することが多くなる。そして、当時の「菊の花咲《さく》や石屋の石の間《あい》」（『藤の実』）や「鞍壺《くらつぼ》に小坊主《こぼうず》乗るや大根引《だいこひき》」（『すみだはら』）といった芭蕉句は、たしかに、眼前の光景をそのまま素直に詠んだだけのように見える。

その意味で、日常性と平明性が「かるみ」の大きな要素であることは間違いない。しかし、その簡素な一句を支えるのは、観察眼の

『すみだはら』表紙

＊素龍　書家で歌人・歌学者。『奥の細道』の清書のほか、『すみだはら』の版下も担当。?～一七一六。

鋭さと的確な語を選び抜く力なのであり、この点を見逃してはならない。芭蕉は「句が整っていないと感じたら、気に入るまで、千回だって舌の先で直してみよ」（『去来抄』）とも、「本当の俳諧を人に伝える時、私は骨髄から油をしぼるようにして句を付ける」（『俳諧問答』）とも語り、彫琢の労力を惜しまず、全身全霊で俳諧に打ち込む姿勢を明らかにしている。つまり、「かるみ」は努力の放棄ではなく、むしろ不断の精進に支えられるものなのであった。「奈良がよひおなじつらなる細基手《ほそもとで》　野坡／今年は雨のふらぬ六月　芭蕉」（『すみだはら』）のような付合でも、芭蕉は前句の理解に基づく想像を重ね、高度な思考を展開した上で、簡潔な一句を選び取っているのである。

なお、芭蕉は「かるみ」に関連して、「俳諧は三尺（約一メートル）ほどの童子にさせるがよい。初心者の句こそ期待できる」（『三冊子』）とも語っている。土芳がこれを「巧者にありがちな欠点を示したものだ」と説明するように、年功を積めばどうしても技術に頼りがちとなるため、これを戒める意図から発せられた発言に相違なかろう。大切なのは、巧者の域に達してなお新鮮な目を保持しうることなのであり、右の言を、初心者の作だからよい、素直に詠めばそれでよい、などと単純化して理解するのは当たらない。思えば、芭蕉が俳諧の革新に目ざめ、親句と細工の否定を最初に明言したのは、延宝九年の麋塒《びじ》宛書簡であった。「かるみ」の教えとは、それから前進と脱皮を重ねてようやくつかんだ俳諧の真髄を、門弟に伝えるべく説いたものなのであろう。

最後の旅へ　元禄七年五月十一日、芭蕉は素龍清書の『奥の細道』を携え、西国（中国・九州地方）への行脚を胸に期しつつ、次郎兵衛を連れての旅に出立する。五十一歳にしてなお意欲に燃える芭蕉であり、島田・名古屋・伊勢などを通って、伊賀上野への到着は二十八日。近江から京都に移った時には、寿貞の死報を受け、次郎兵衛を一時的に江戸へ帰している。また、江戸の『別座鋪《べつざしき》』*や『すみだはら』*が上方でも好評である旨を、曾良への書簡などで知らせている。ふたたび帰郷したのは七月中旬。訪ねて来た支考とともに、沾圃が予撰した『続猿蓑《ぞくさるみの》』*の編集を行う。九月八日に伊賀を発って奈良に入り、翌日は大坂へ移動。このころより体調を崩しがちとなる。

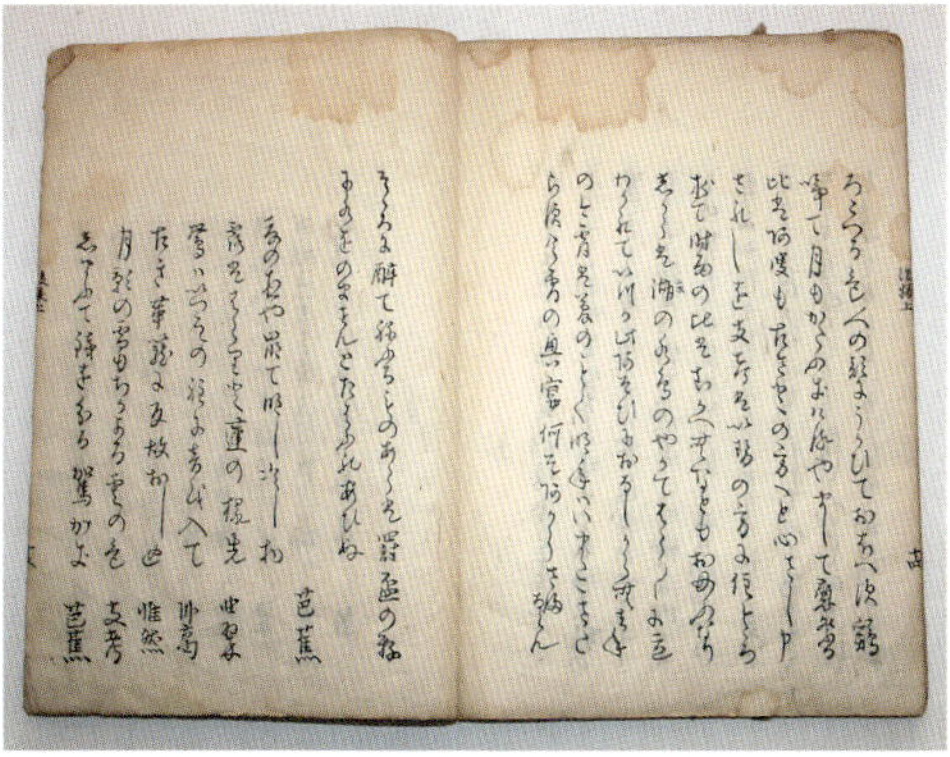
『続猿蓑』版本

大坂入りは之道・洒堂の不和を調停する意図を抱えたもので、熱や悪寒に苦しみつつも、俳諧興行が次々に催されている。「此秋《このあき》は何で年よる雲に鳥」（『笈日記《おいにっき》』）や「此道《このみち》や行人《ゆくひと》なしに秋の暮」（『其便《そのたより》』）など、不安や諦観の反映を思わせる句が生まれると同時に、「月澄《すむ》や狐こはがる児《ちご》の供《とも》」（同）の恋句が門弟

---

*『別座鋪』　子珊《しさん》編の俳諧撰集。元禄七年（一六九四）五月の奥書。深川系の俳人を中心に編集。

*『すみだはら』　野坡・利牛・孤屋編の俳諧撰集。元禄七年（一六九四）六月の奥書。内題は「炭俵」。

*『続猿蓑』　沾圃・支考編の俳諧撰集。芭蕉没後の元禄十一（一六九八）年刊。

伊賀上野愛染院

義仲寺芭蕉墓

らと競作されてもおり、芭蕉の旺盛な創作意欲に翳《かげ》りは見られない。しかし、体力の衰えはいかんともしがたく、二十九日に泄痢《せつり》のため臥床。十月五日、それまで滞在した之道宅から、久太郎町御堂前の貸座敷である花屋へ病床が移される。八日には「旅中吟」として「旅に病《やん》で夢は枯野をかけ廻《めぐ》る」（『笈日記』）を詠み、支考の記すところによれば、「なをかけ廻る旅心」とどちらがよいかを尋ねたという。

　門人たちが集まる中、十日に容体が急変し、遺書三通を口述筆記。十一日には折しも旅行中の其角が駆けつけて来る。その夜、看護の人々に伽《とぎ》の句を詠むよう勧め、丈草の「うづくまる薬の下の寒さ哉」を「丈草よ、出来たな」と賞したのが、俳諧に関する最後の発言ということになる。永遠の眠りについたのは十二日の午後四時ころで、享年は五十一。遺言により、遺骸は近江の義仲寺《ぎちゅうじ》に運ばれ、十四日に葬儀が催される。そのままこが墓所となり、後に故郷の愛染院《あいぜんいん》には遺髪を納める故郷塚が作られている。

起伏に富んだ五十一年の生涯であり、とくに後半生は、「新しみは俳諧の花」（『三冊子』）と語った新風の追求を自らに課し、その実践に明け暮れる日々であった。改めて強調したいのは、旅を重ねるごとに俳諧も変わり、進化と深化の層を見せていったことである。その意味でも、芭蕉と旅を切り離すことはできず、芭蕉の生涯そのものが一つの旅であったといえるかもしれない。芭蕉没後の俳諧史にも幾多の曲折があり、俳壇の動向が常に芭蕉のめざす方向と合致していたわけではなかった。それでも、芭蕉が俳人たちの指標であり続けたことも間違いなく、〈詞の俳諧〉から〈誠の俳諧〉への転換が断行されなければ、現代俳句にまで続く俳諧の伝統が途絶えていた可能性もある。その意味では、俳諧史・韻文史というさらに大きな旅に、芭蕉は今なお伴走しているのかもしれない。

人物相関図

藤堂新七郎家

生家

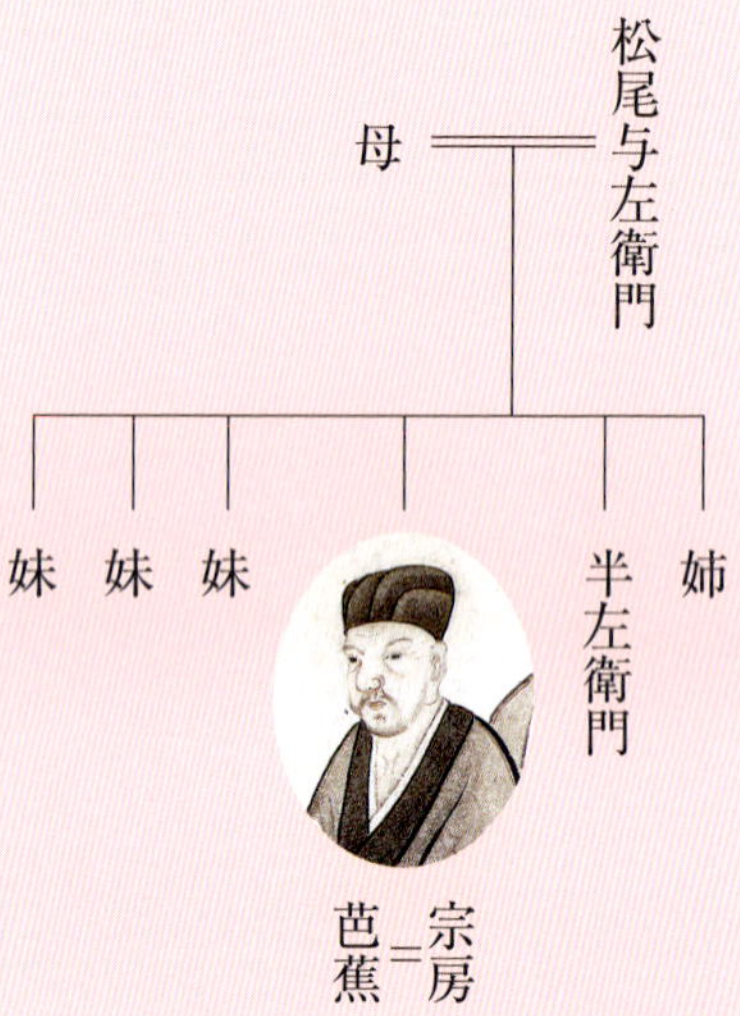

貞門・談林の師系

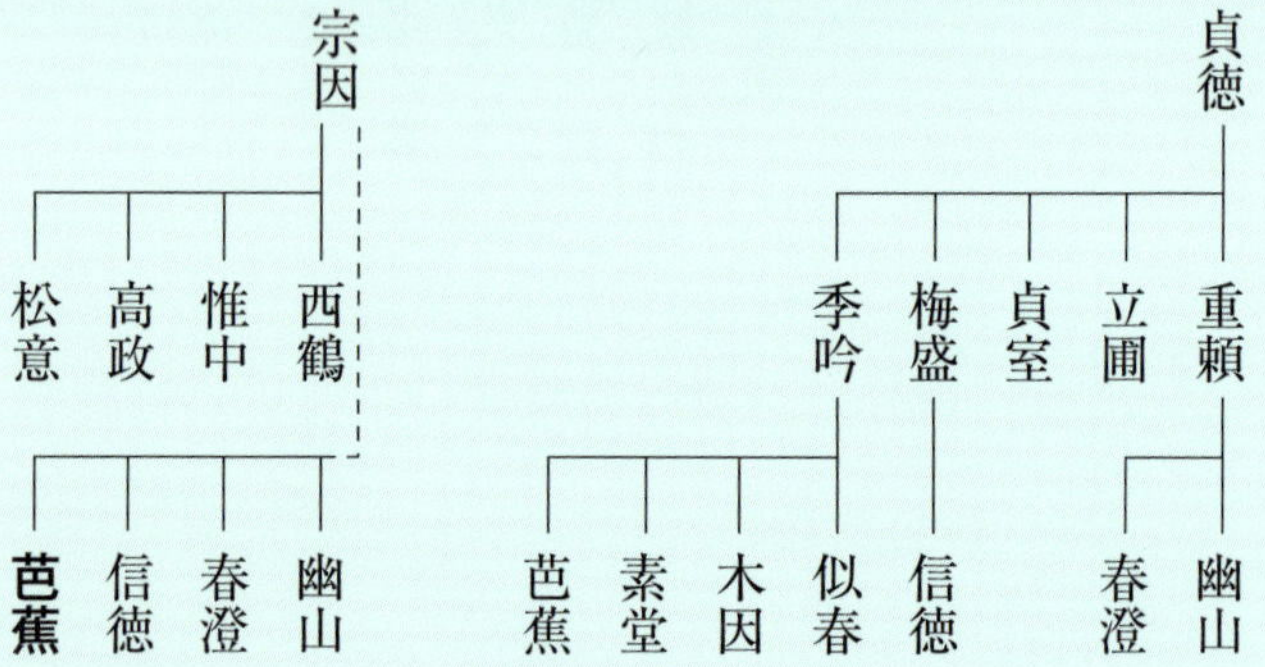

人物相関

松尾与左衛門　生年未詳〜明暦二年（一六五六）。松尾芭蕉の父。伊賀平氏の末流で、伊賀国柘植郷に結党した一群の後衛として、無足人に編入された松尾氏の支族との説があるも、詳細は未詳。少なくとも、実態は伊賀上野の百姓町（後の赤坂）に住む農民と見られる。その没後は、兄の半左衛門が跡を継いでおり、芭蕉は後年、実家に仕送りをしている。母の出自も諸説あり、確実なところは不明。姉と妹三人がおり、末妹が半左衛門の養女となって松尾家を継ぐ。

藤堂良忠　寛永十九年（一六四二）〜寛文六年（一六六六）。伊勢国藤堂藩の伊賀付侍大将、藤堂新七郎良精の三男で嗣子となる。俳諧は季吟の教えを受け、俳号は蝉吟。この家に奉公する宗房（後の芭蕉）に俳諧の手ほどきをしたともいわれ、ともに湖春編『続山井』などに入集。その早世後、新七郎家を継いだ遺児の良長は、探丸の俳号で蕉門撰集に入集するようになり、芭蕉の帰郷時には赤坂の下屋敷に迎えることが通例となる。

松永貞徳　元亀二年（一五七一）〜承応二年（一六五三）。本名は松永勝熊。京都の人で貞門俳諧の祖。幼少より和歌や古典文学を学び、連歌をはじめとする諸道にも精通する。近世初期を代表する在野の文化人であり、各方面で多くの弟子を育成。俳諧にも力を注ぐようになり、貞門俳諧隆盛の基盤を作った。室町俳諧の奔放・野卑な笑いに歯止めをかけ、俳諧は俳言を使う連歌であると規定。俳諧を温雅な庶民文芸として広めた功績は大きい。

北村季吟　寛永元年（一六二四）〜宝永二年（一七〇五）。本名は北村静厚。近江国北村の出身。医師になる修行の傍ら、貞室に俳諧を学び、やがて貞徳の直門となる。歳時記の先蹤となる『山之井』、最初期の絵俳書である『いなご』など、独自の俳書を刊行する一方、数多の古典文学作品を注釈して出版。貴顕との交流に積極的で、元禄二年（一六八九）には息の湖春と幕府の歌学方に召される。門弟や指導を受けた俳人は多く、芭蕉も「師」と呼んでいる。

西山宗因　慶長十年（一六〇五）～天和二年（一六八二）。本名は西山豊一。肥後国熊本の出身。八代城主加藤正方の側近に仕えた後、連歌と歌学を修め、大坂天満宮の連歌所宗匠となる。連歌界の第一人者として活躍する一方、俳諧師の重頼・季吟らとも交流。西鶴・惟中らの新進俳人に慕われ、宗匠職を息の宗春に譲った後は、俳諧にも積極的に関与する。俳諧は自由に遊べばよいとの持論を示し、軽快な作をもって談林俳諧の祖と呼ばれる。

井原西鶴　寛永十九年（一六四二）～元禄六年（一六九三）。本名（一説に平山姓）をはじめ、伝記的な面では未詳部分が多い。大坂の商家の出であるらしく、やがて俳諧師となる。宗因に師事し、談林俳諧の中核として活躍。とくに独吟・速吟の矢数俳諧で評判をとる。宗因が死去する天和二年（一六八二）に浮世草子『好色一代男』を発表し、以後は主として草子作者として大成する。なお、江戸の松意、京の高政、大坂の惟中ら、談林の作者たちは同年を機に主要な活動を終える。

伊藤信徳　寛永十年（一六三三）～元禄十一年（一六八九）。本名は伊藤助左衛門。京都の商家の出で、後に俳諧師となる。高瀬梅盛の門である一方、季吟が一座する連句興行への出座を通じて、季吟門の似春・友静ら、重頼門の春澄らとも親交。このネットワークを使って、高政が主導する京の談林俳諧に積極的に関与し、東西交流の立役者ともなる。元禄期も京都俳壇の中心的存在でありつつ、蕉門とは没交渉になり、芭蕉から否定的な評価も受ける。

山口素堂　寛永十九年（一六四二）～享保元年（一七一六）。本名は山口信章。甲斐国山口の出身。江戸に出て林家の塾で漢学を修める。一時的に上京して和歌・書道を学ぶ一方、季吟の連句興行にも一座して俳諧に親しむ。

芭蕉の盟友的な存在であり、『桃青三百韻』での一座をはじめ、終生にわたる交流を続け、芭蕉の文芸的達成にも大きな影響を与えた。早く隠栖して学問や諸芸に遊ぶも、元禄九年（一六九六）には甲府濁川の治水工事で功績を上げる。

小西似春　生没年未詳。

本名は小西平左衛門。京で季吟門下として多くの連句興行に参加。江戸に移住後は重頼門の幽山と親しくし、桃青（芭蕉）をも誘い込む形で談林俳諧を推進。以後、幽山とは袂を分かち、芭蕉とともに東西交流に関与する。天和二年（一六八二）の大火を機に下総国行徳で神職に就き、俳壇からは離れる。貞享四年（一六八七）、鹿島で月見をした帰路、芭蕉は自準（似春の後号）邸を訪ね、旧交を温めている。

谷木因　正保三年（一六四六）〜享保十年（一七二五）。

本名は谷九太夫可信。美濃国大垣の船問屋。季吟門下として俳諧に親しみ、西鶴・高政らと広く交流。延宝八年（一六八〇）、尾張国鳴海の知足が主催した百韻に参加し、これに桃青（芭蕉）の判を得たのを機に文通し、気脈を通わせ合う。「野ざらし紀行」の旅で芭蕉を大垣に迎え、「奥の細道」の旅後も自邸でもてなし、長島まで舟で送る。以後、芭蕉とはやや疎遠になるも、俳諧活動は続けている。

Ⅱ

『奥の細道』の旅路

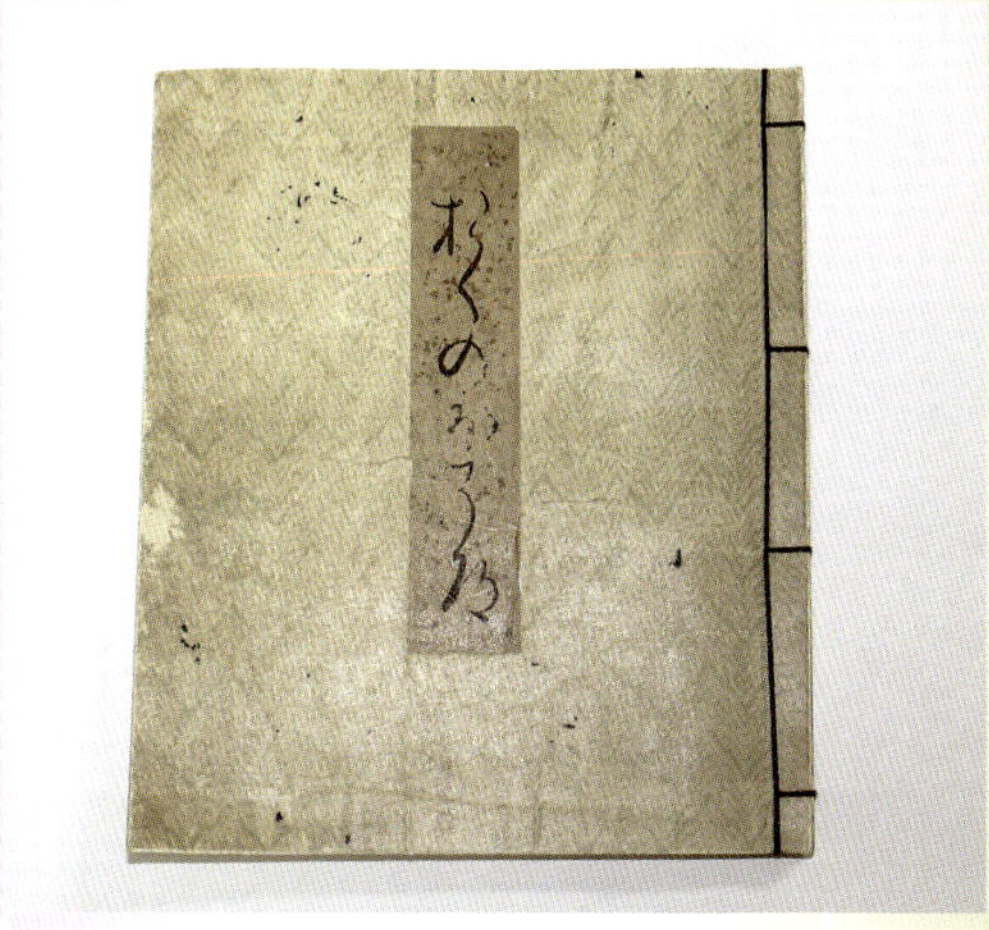

西村本『おくのほそ道』表紙（複製）

芭蕉と『奥の細道』

松尾芭蕉と『奥の細道』（以下には『細道』とも略記）という作品は、切り離して考えるのが困難なほど、私たちの中で密接に結びついているらしく、『細道』を読むと、つい芭蕉自身の旅と同一視したくなる。ところが、元禄二年（一六八九）に芭蕉が行った東北・北陸方面の旅と、晩年（元禄六・七年）の芭蕉が心血を注いで書いた『細道』との間には、相当な懸隔《けんかく》がある。それは、『細道』が虚構的側面の強い文学作品であることを意味するもので、昭和十八年、曾良《そら》*による日記（『曾良日記』と仮称し、以下に『日記』と略記）と作品の記録（『曾良書留』と仮称し、以下に『書留』と略記）が出現し、その違いが明らかになったわけである。

近年は諸本間の検討も進み、芭蕉が推敲に推敲を重ねた事実も確認されている。すなわち、平成八年出現の芭蕉自筆本（中尾本）には貼紙などによる訂正が無数にあり、その下からは知られざる句や文章が出現。天理大学附属図書館蔵本（天理本、曾良本とも）は、訂正後の中尾本を門人（利牛か）が写したものであることも判明。天理本にも墨と朱による多数の訂正が入り、これを書家の素龍が清書して、西村家蔵本（西村本）と柿衞《かきもり》文庫蔵本（柿衞本）が誕生。元禄十五年には西村本にもとづいて書肆《しょし》の井筒屋が版本を刊行、という具合である。何よりありがたいのは、こうした推敲過程から、創作意図を解明する手がかりが豊富に手に入ることである。

この「『奥の細道』の旅路」を記すにあたっても、旅の概略をなぞるだけでなく、『細道』の魅力を引き出しつつ、最新の研究動向も取り入れたいと願っている。とはい

＊曾良　信濃出身で江戸住の蕉門俳人。この旅の同行者。一六四九～一七一〇。

え、各章段の内容を紹介し、推敲過程に触れ、事実の説明までしていくと、いかにも煩雑でわかりにくく、旅の感興からも離れてしまう。模索を重ねた末、ここでは思い切って芭蕉本人に登場を願い、紀行のあらまし（細部は省略）をわかりやすく語ってもらい、時に創作の意図まで明かしてもらう、という体裁を採ることにした。奇をてらってのことではなく、限られた紙数で、右の願いを何とかかなえるための措置である。

具体的には、西村本を底本として、そこに描かれた旅を「『奥の細道』の旅路」として語り（芭蕉が一人称で語っていく）、『曾良日記』『曾良書留』などから知られる事実との相違は脚注で記す。固有名詞（人名・地名など）の表記で原文に誤記などがあれば、原則的には正しいものに改め、その旨を脚注に記す。

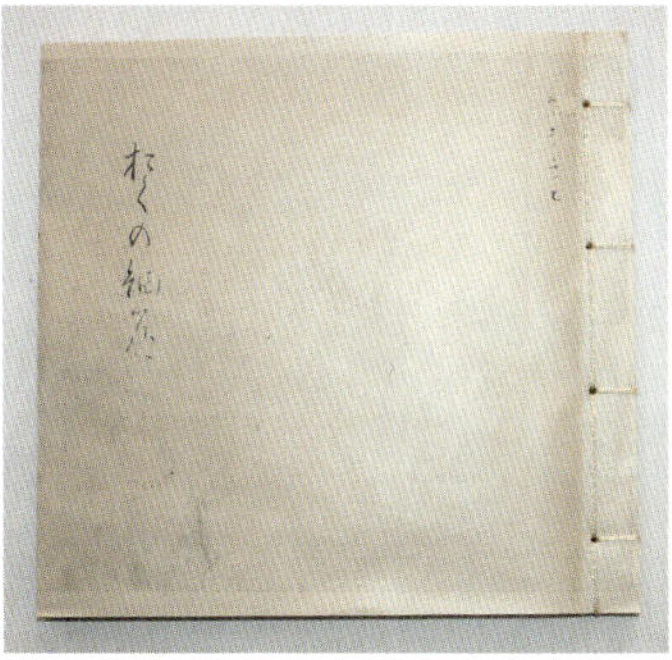
中尾本『おくの細道』表紙（複製）

発句に関しては、脚注でなく章末に一括再掲して略解を施し、『書留』等への掲載の有無や推敲過程を略記する。一般論でいえば、『書留』に未掲載（ただし、二人が別行動となる山中《やまなか》以後の句はもともと未掲載）で真蹟懐紙類や当時の撰集にも見えない句は、『細道』執筆時の作（曾良句では芭蕉の代作）である可能性が高く、『書留』等と句形が異なる場合は、曾良らの句を含め、『細道』執筆時に改めたものが多いと考えられる。

なお、本企画の方針により、以下の記述で『細道』の原文を引用することはしていない。その代わり、この後に西村本の全文を掲げるので、できれば音読で、ぜひ原文を読んでいただきたい。それが、この作品のおもしろさに近づく、最も有効な手段なのであるから。

一　日光路の旅

江戸を出立

人はなぜ旅に出るのか。私にも実はよくわからない。ただ、ちぎれ雲が風に流れるのを見れば、自分もこうありたいという思いがそぞろに強まってくる。何か常ならぬ存在に後押しされているとしか思えず、仮にそれを「そぞろ神」と呼んでみた。杜甫・李白・西行・宗祇といった偉大な先人たちも、きっとこのいたずらな神の誘うがままに、さすらいながら詩歌を残したのであろう。

ところで、私が書いた『奥の細道』の冒頭「月日は百代《はくたい》の過客《かかく》にして、行《ゆき》かふ年も又旅人也」が、李白「春夜宴桃李園序」（『古文真宝後集』等）の「夫《そ》レ天地ハ万物ノ逆旅《げきりょ》ナリ。光陰ハ百代ノ過客ナリ」を踏まえることは、先刻ご承知の通り。難波

草加百代橋

隅田川史蹟展望庭園からの景観

の井原西鶴*さんは『日本永代蔵』でこれをそのまま引き、人生は夢幻のごとくはかないのだから、油断せず家職に励めと富貴への道を説いた。出典は一つながら、私の場合、すべてが旅のようなものであるならば、その旅に徹することで、何か真実が見えてくるような気がしてならない。そんな思いで踏み込んだ奥羽・北陸の地。『奥の細道』は、それから数年を隔て、何度も推敲を重ねて作り上げた愛児のような作品である。しばしその旅路にお付き合いを願おう。

　前年の秋、「笈の小文」の旅から戻ったばかりであるのに、春霞を見ればもう落ち着かず、家も他人に譲っての旅支度。「草の戸も住替《すみかわ》る代《よ》ぞひなの家」*（①）はその折の作で、殺風景なわが草庵も妻子持ちの家となり、雛人形を飾って華やいだ雰囲気に一変したことを詠んでみた。深川を発ったのは三月二十七日の明け方で、千住まで舟で送る門人・知人との別れには、後ろ髪を引かれる思いになる。「行春《ゆくはる》や鳥啼《なき》魚の目は泪《なみだ》」（②）では、春を惜しむ魚鳥に託してその心境を詠ん

＊　**井原西鶴**　大坂住の俳諧師・浮世草子作者。一六四二〜一六九三。『日本永代蔵』は日本最初の経済小説ともいうべき傑作で貞享五年（一六八八）刊。

＊　番号は、一〇〇頁以下の所収発句一覧に対応している。

でみた。心なしか足取りが重いのも、荷物が痩せた肩を苦しめるためばかりではないようだ。そのためか、その日は草加に着くのがやっとだった。*

日光へ向かう

最初に訪れたのは室《むろ》の八島《やしま》。*神社の境内に池があり、八つの小島が作られている。同行の曾良が大いに知識を披瀝し、ここは木花之開耶姫《このはなのさくやびめ》を祭神とし、その説話にもとづいて室の八島の称号があることや、歌を詠むさいは「煙」を詠む習わしであることなど、教えてくれる。

室の八島

三月三十日、*日光の山麓で宿を求めると、主人は「私は仏《ほとけ》五左衛門と呼ばれております」との挨拶。たしかに正直を絵に描いたような人で、その木訥《ぼくとつ》ぶりも好もしい。気をよくして、翌四月一日はいよいよ東照宮への参詣を果たす。日光とはよく名付けたもので、神意にもとづく光はあまねく世間を照らし、そのおかげで衆人みな安堵の中にいる。「あらたうと青葉若葉の日の光」（③）はそんな感慨を込めつつ、光に満ちた日光山の新緑の景を讃えたものだ。*

主峰である男体山は黒髪山ともいい、これを見た曾良は「剃捨《そりすて》て黒髪山に衣更《ころもがえ》」（④）と詠む。深川でも近所に暮らし、日ごろから何かと世話を焼いて

---

* 本文では「早加」。『日記』によれば、初日の宿泊地はずっと先の粕壁（春日部）で、千住から粕壁は当時の一日の旅程として普通。足取りの重さを強調する演出であろう。

* 室の八島　現栃木県栃木市総社町の大神《おおみわ》神社。芭蕉はここで煙の句を作る（『書留』に掲載）も、『細道』には未収録。

* 元禄二年の三月は小の月で二十九日までしかなく、三十日は実在しない。

* 『日記』によれば、一日は雨まじりの曇天で、参拝を果たしてから五左衛門方に宿っている。

日光裏見の滝

日光男体山

くれるこの男、旅路を共にするため、身なりも私に合わせようと、出立の朝に髪を剃り僧衣姿となっていたのだ。句にもその決意がいきており、黒髪山に自分が黒髪を切ったこと、行事としての衣替えに自分が法体となったことを掛けてある。

私も旅の意欲を示すべく、裏見の滝*の岩窟に入って、「暫時《しばらく》は滝に籠《こも》るや夏《げ》の初《はじめ》」（⑤）と詠んでみた。夏籠《げごも》りといって、僧侶たちは一夏を修行に暮らすことがあるのにちなみ、自分は風雅のために籠ると洒落てみたわけだ。「初」には旅も始まったばかりという意を込め、旅自体を修行に見立てているのだけれど、表面上はあくまでも滝の裏側に入ったことを喜ぶ体に仕立てている。それが俳意というものだ、と私は考えている。

那須での日々

ここから那須野を越え、黒羽に向かう途中、道に迷いそうになってしまった。ありがたいことに、草を刈る男が馬を貸してくれ、その子どもが二人、後からついて来る。姉に名を問えば、

＊ 裏見の滝　東照宮から西の山中にある滝で、かつては裏に回って見ることができた。

殺生石

雲巌寺

「かさね」*という。その優美さに、曾良は「かさねとは八重撫子《やえなでしこ》の名成《なる》べし」⑥と即興の一句。愛児や愛おしい人を撫子にたとえて詠む例が『源氏物語』等にあることを踏まえ、重ねの名があるなら八重撫子だろうと興じたものだ。

黒羽では旧知の浄法寺《じょうぼうじ》某《なにがし》*を訪ねたところ、弟の翠桃ともども日夜の歓待。玉藻《たまも》の前の古墳やら那須の与一ゆかりの神社やらを見て回り、光明寺では修験道を開いた役行者《えんのぎょうじゃ》の足駄を拝み、「夏山に足駄を拝む首途《かどで》哉」⑦と詠んでみた。行者の健脚にあやかろうと、これも興じる気分の中に、旅の決意をさりげなく込めたつもりだ。

この地で楽しみにしていたのは、雲巌寺《うんがんじ》*を訪ね、仏頂《ぶっちょう》和尚*が暮らした住居の跡を訪ねること。和尚は私が深川の臨川庵で禅を学んだ恩師である。ここに小屋を作って暮らした折に、「竪横《たてよこ》の五尺にたらぬ草の庵《いお》むすぶもくやし雨なかりせば」の歌を岩に書き付けたと聞き及び、いずれ行きたいものと念じ

＊「かさね」 「かさね」と出会ったことは確認できず、虚構とするのが一般的な見解ながら、これがなかったと断定することもできない。

＊浄法寺某 本文では「浄坊寺何がし」。黒羽藩の家老を務める浄法寺高勝で、俳号は秋鴉・桃雪。一六六一～一七三〇。弟の鹿子畑《かのこばた》豊明は翠桃の号をもち（本文では「桃翠」）、江戸で芭蕉と交流があった。一六六二～一七二八。

＊雲巌寺 本文では「雲岸寺」。栃木県那須郡黒羽町にある臨済宗の寺院。光明寺などより前の訪問であったのを、『細道』では最後に回している。

＊仏頂和尚 臨済宗の僧侶で、鹿島の根本寺二十一世住職であった折、鹿島神宮との所領争いが起こり、訴訟のための江戸滞在に臨川庵を結んだ。一六四二～一七一五。

遊行柳

ていた。無一物をよしとする身には、雨を避ける小庵を結んだことも悔しいというのだから、さすがである。出かけようとすると、私たちもご一緒したいという小集団ができ、わいわい話す内に到着する。庵の前に立った感慨は格別で、寺をつつくともいわれる啄木鳥《きつつき》でさえここは残してくれたのかとの思いで、「木啄《きつつき》も庵《いお》はやぶらず夏木立《なつこだち》」⑧と詠む。和尚を慕う真情とものに興じる姿勢とが、ここでも同居していることに注目してほしい。

　馬で殺生石《せっしょうせき》*に向かう途中、馬子から「短冊をください」との所望。折から鳴き過ぎる時鳥に、もっとその声をよく聞きたいという思いで、「野を横に馬牽《ひき》むけよほとゝぎす」⑨と詠んで渡した。殺生石では石の毒気が未だ衰えていないことを確認。さらに芦野《あしの》の里に足を伸ばし、西行が「道の辺に清水ながるる柳陰しばしとてこそ立ちどまりつれ」（『新古今集』）と詠んだ柳を見る。いつか来たいと思っていた土地の一つだから、感慨もひとしお。西行が休んだ木陰からは、田植えの様子がよく眺められ、「田一枚植《うえ》て立《たち》去る柳かな」⑩と詠んでみる。ちなみに、今年は西行五百年忌。今回の旅には、この記念すべき年に、西行の跡をたどりたいという思いが込められている。

＊ **殺生石**　栃木県の那須湯元温泉付近にある溶岩群。金毛九尾の狐の化身である玉藻の前が、矢に射られて化したものという伝説は、謡曲「殺生石」などによって知られる。芭蕉はここで句を作る（『日記』に掲載）も、『細道』には未収録。

二 奥州路の旅

白河を越える

ようやくたどりついた白河（白川）。ここから奥州の地だと思うと、旅の覚悟も定まってくる。平兼盛「便りあらばいかで都へ告げやらんけふ白河の関は越ゆると」（『拾遺集』）や能因「都をば霞とともにたちしかど秋風ぞ吹く白川の関」（『後拾遺集』）など、数々の名歌に詠まれた関址に立ってみると*、それら各季の景が脳裏に像を結ぶ。昔、服装を正してここを通った人がいたことを*思い出し、曾良が「卯《う》の花をかざしに関の晴着かな」⑾と詠む。替えの衣服もない私たちゆえ、せめて卯の花を頭にかざして越えようという、その意気やよし。古人の行為に敬意を払いつつも、同じことをするのではなく、その精神をいかして自分たちなりの行動をとる。それが私たちの旅であり、『奥の細道』で書きたかったことの一つでもある。

須賀川《すかがわ》で訪ねた旧知の等躬《とうきゅう》*から、白河で詠んだ句を問われ、咄嗟に披露したのが「風流の初《はじめ》やおくの田植うた」⑿。彼が脇を付け、曾良が第三を連ねて、歌仙*を巻いてみたところ、興が乗って三巻にもなった。*土地の人が労働とともに歌う声の中に、私は和歌にも劣らない風流を感じてならないのだ。ここでは、また一人の

---

* 後に松平定信が関址を定めるまで、その場所は早くから不明になっていた。『日記』によると、芭蕉たちも確証が持てないまま探索をしている。
* 芭蕉の愛読した藤原清輔著『袋草紙』に竹田大国《くに》行《ゆき》の逸話として見える。
* **等躬** 本文では「等窮」。須賀川の駅長、相良伊左衛門。芭蕉にとっては先輩格の俳人。一六三八〜一七一五。
* 三十六句からなる連句の形態名。最初の三句を順に発句・脇・第三と呼ぶ。
* 知られるのは一巻のみで、虚構の可能性が高い。

文字摺石

可伸庵跡

好ましい人物に会うこともできた。栗の木の陰に住む僧*で、その花が目立たないのと同様、ひっそりと暮らしている。まさに「世の人の見付《みつけ》ぬ花や軒の栗」(13)といったところだ。

福島にて　安積《あさか》では「みちのくのあさかの沼の花かつみかつ見る人に恋ひやわたらん」（『古今集』）と詠まれた花かつみを探し、人に聞き回っても、手がかり一つ見つからない。信夫《しのぶ》の里には、かの「みちのくのしのぶもじずり誰ゆゑに乱れむと思ふ我ならなくに」（同）と詠まれた文字摺石《もじずりいし》*があると聞き知り、楽しみにしていた。ところが、その石は土に半ば埋もれた無惨な姿。土地の少年の話*では、旅人が石にこすって試そうと畑の麦などを荒らすため、困って谷に突き落としたのだという。口惜しい所業ながら、農家の身になればしかたがないかなあ、という気もしてくる。ふと見ると、ここも田植えの準備をする最中。それならばと、早乙女たちの手つきに、かつて行われたという染色の動作を偲ぶつもり

---

* 僧　この僧は可伸といい、栗斎の俳号で芭蕉と歌仙を巻いている。
* 文字摺石　上に置いた布に忍ぶ草を摺り込み、染色をしたとされる石。「もぢずり」は乱れ模様を意味する「捩《もじ》れ」からきた表現ともいい、「文字」や「文知」は当て字。現福島県福島市の文知摺観音堂境内にあり、表に文字があるという伝承もあった。
* 懐紙類では村人から聞いたとある。

医王寺継信・忠信の墓

で、「早苗とる手もとや昔しのぶ摺《ずり》」⑭と詠む。

瀬上《せのうえ》では佐藤元治《もとはる》*の旧館を訪ねる。息子の継信《つぐのぶ》・忠信《ただのぶ》兄弟は源義経の家臣として名高く、忠義の死をとげた後、彼らの嫁は甲冑姿で凱旋の様子を演じ、兄弟の母を慰めたという。嫁たちの墓標に涙がとまらず、入った寺には義経の太刀《たち》や弁慶の笈《おい》（仏具・経典や日常道具を入れて背に負う箱）が什物としてある。*今日は五月一日であると思い出し、「笈も太刀も五月《さつき》にかざれ紙幟《かみのぼり》」⑮と詠んでみた。

その夜は飯塚*に泊ると、宿に灯火もなく、土間に莚を敷いて寝る始末。蚤や蚊に責められ、外は雷雨がひどくて寝つかれず、持病まで出てさんざんな状態。それでも翌朝は気を取り直し、「道路に死なん、これ天の命《めい》なり」と『論語』めいた一節を口ずさみ、足に力を入れて伊達《だて》の大木戸を越したものだ。

笠島・岩沼

笠島《かさしま》の郡*に入ってからは、この地に没した藤原実方《さねかた》*の墓が気になり、土地の人に尋ねると、「遙か向こうの山際の里が蓑輪《みのわ》・笠島で、その前で実方が落馬した道祖神もあるし、西行がここを訪ねて詠んだ形見の薄も今だにあるさ」という。行きたいのはやまやまながら、連日の五月雨に道は悪く、この疲労困憊ではどうにもならない。「笠島はいづこさ月のぬかり道」⑯と詠み、その方角を眺

---

* 佐藤元治　藤原秀衡の郎党で、信夫郡・伊達郡の荘園を管理する庄司を勤めた。
* 寺に嫁たちの墓碑はなく、什物にも相違がある。『日記』によると、二人は寺内に入っていない。
* 飯塚　現福島県福島市飯坂にあった村名。『日記』に宿が悪く持病が起こったという記事はない。
* 実際は名取郡の笠島村。
* 藤原実方　平安時代中期の歌人で、陸奥守《むつのかみ》として赴任中に客死した。?～九九八。

二木の松

めながら行き過ぎるのみ。＊それにしても、雨の時期に蓑・笠の名をもつ地を過ぎるとは、実におもしろい。考えてみると、どんな時でも目の前の事象に興じるこの性癖が、私の俳諧を支える根本の力なのかもしれない。

岩沼で見た武隈《たけくま》の松には、目の覚める思いがする。土際から二本に分かれた形は、数々の名歌に詠まれたのと同じ姿。かつて名取川の橋杭とするために切られ、能因が「武隈の松はこのたび跡もなし千歳《ちとせ》を経てや我は来つらむ」（『後拾遺集』）と詠んだことも想起される。松は千年、では私はその千年目に来たのかという達観とユーモアは、ぜひ見習いたいものだ。何回も植え継ぎされながら、千歳の昔を偲ばせている松。江戸を発つにあたり、挙白＊が「武隈の松みせ申せ遅桜」⑰と餞別句をくれたので、その返答に「桜より松は二木《ふたき》を三月《みつき》越シ」⑱と詠む。桜の時期に江戸を出て足かけ三カ月。挙白よ、ようやく二木の松を見ることができたぞ。

仙台の歌枕

名取川を渡って仙台に入ったのは、人々が軒先に菖蒲を葺く五月四日。ここで知り合った画工の加右衛門＊は、俳諧にも堪能な人。和歌に詠まれながら不明となっていた名所を探索・考証しているといって、案内してくれる。宮城野・

＊『日記』には、行き過ぎて見なかった、とだけある。真蹟懐紙類がいくつも残り、こうした残念な体験が文芸上の重要な題材であったと知られる。武隈の松と訪問順序も逆。

＊**挙白** 草壁氏。陸奥の出身といわれる蕉門俳人。？～一六九六。

＊**加右衛門** 加之の号をもつ仙台住の俳人。北野屋の号で出版業にも携わっていた。本文ではただ画工とだけ紹介。生没年未詳。

玉田・横野・榴《つつじ》ヶ丘・木下《きのした》など、これがあの歌の舞台かと思いながら歩けば、感慨もひとしお。伊達政宗が修造した薬師堂や、伊達綱村が新造した天神社などもめぐり、何より先導者の重要性が実感される、よき一日となった。

　この頼もしい風流人は、これから向かう松島などの絵地図をしたため、染緒を紺にした草鞋《わらじ》二足まで添えて、餞別品にくれる。これにちなんで詠んだ「あやめ草足に結《むすば》ん草鞋の緒《お》」⑲は、旅の身ゆえ軒に葺くことはかなわず、ならば足に結ぼうと興じたもの。その根底には、もちろん加右衛門への感謝がある。*「風流の痴《し》れ者」と本文に記したのは、旅人の心に通じた風雅の同士として、最大の賛辞を呈したつもりだ。その絵地図に従って進むと、奥の細道*という所に出る。歌*に詠まれた菅菰《すがごも》（菅《すげ》を材料に作ったむしろ）はこの地の産といい、今でもその伝統を守り、菅《すげ》で菰《こも》を作っているという。私にはこういうことがうれしくてならない。

　絵地図のおかげで難なく壺碑《つぼのいしぶみ》*に着く。高さ六尺、幅は三尺ほどの石碑で、天平宝字六年（七六二）の修造とある。神亀元年（七二四）にこの多賀城を設けたとあるのは、聖武天皇の御代にあたる。和歌によって有名な名所、すなわち歌枕《うたまくら》は数多あるといえど、時世の推移とともに、山は崩れ川の流れも変わり、石は土に埋もれて木も植え替えられ、不確実なことばかりであるのに、この碑は間違いなく千年前と同じ物。眼前に古人の心をたしかめることができる。これだから旅はやめられない、生きていてよかったと、今までの苦労も忘れて涙にくれるばかりだ。

＊ 紺の染緒は蝮《まむし》などを防ぐともいわれ、そうした配慮のできる人として加右衛門は描かれている。

＊ **奥の細道**　諸文献に見えながら場所は不明となっていたのを、名所整備事業により、現宮城県仙台市の東光寺門前付近と定められた。

＊ **歌**　「みちのくの十《と》ふの菅菰七ふには君を寝させて三ふに我寝む」（『俊頼髄脳』等）

＊ **壺碑**　源頼朝「みちのくのいはでしのぶはえぞ知らぬ書きつくしてよつぼのいしぶみ」（『新古今集』）などで知られ、現青森県の坪村にあったとされる碑。芭蕉が見たのは多賀城址から発見された改築記念碑で、当時はそれが壺碑と理解されていた。

野田の玉川

多賀城跡

さらに野田の玉川や沖の石と歌枕をたどり、末《すえ》の松山に至る。ここは、「君をおきてあだし心をわがもたば末の松山波も越えなん」（『万葉集』）、「ちぎりきなかたみに袖をしぼりつつ末の松山波こさじとは元輔」（『後拾遺和歌集』）などと詠まれてきた歌枕。末の松山を波が越えないように、私があなたへの思いを裏切ることも決してないと誓う万葉歌を踏まえ、元輔歌はないはずの裏切りが起こってしまったと嘆く。そうした象徴的な場に来てみると、何と寺の墓地になっている。*たしかに、永遠の愛を約束しようとも、死は確実にその仲を裂いてしまう。何とも悲しい思いで、塩竈《しおがま》の浦に入相の鐘が響くのを聞く。

塩竈・松島　この浦からは籬《まがき》が島*もほど近い。漁師の小舟が集団で帰り、収穫物を分ける声など聞いていると、「みちのくはいづくはあれど塩竈の浦こぐ舟の綱手《つなで》かなしも」（『古今集』）という歌の心も、しみじみと実感される。その夜、宿では盲目の法師が奥浄瑠璃*を語る。平家琵琶とも幸若《こうわか》舞曲とも違っ

* 現宮城県多賀城市にある末松山宝国寺（元は林松寺）で、現在も墓地に松が立っている。

* **籬が島**　塩竈から東方に望まれる島で、「塩竈の籬が島」として和歌に詠まれる。

* **奥浄瑠璃**　仙台地方を中心に伝承された語り物の芸能。『平家物語』の内容を語る平曲《へいきょく》や幸若舞《こうわかまい》との関連から、ここでも義経にまつわる話が語られたと見られる。

て、いかにもひなびた調子の語り芸。張り上げた声は寝ようとする耳にも届いてやかましいほどながら、昔ながらの芸能を伝えてありがたくも思われる。

　翌朝は早く塩竈明神*に参詣する。実に立派な神社で、高々とつづく石段を上ると、境内は朝日に輝いている。これが日本の美風だと思わずにはいられない。神前の古い灯籠*に目をやると、鉄の扉に文字が刻まれ、文治三年（一一八七）に和泉三郎が寄進したとある。この人こそ、最後まで義経への忠義を守って兄に殺害された勇士、平泉の藤原忠衡《ただひら》にほかならない。五百年前の文字から、その人の面影が眼前に浮かぶようで、珍重すべきことに思われる。

　正午に近いころとなったので、船で松島に渡り、二里ばかりで雄島*の磯に着く。それにしても船中の眺めはすばらしい。言い古されたことながら、たしかに松島は日本第一の景観で、名高い中国の洞庭湖や西湖にも劣らないはず。三里ほどの入江の中に、たくさんの島が点在し、屹立《きつりつ》する形のものもあれば、匍匐《ほふく》する態のものもある。船が進むにつれて、二重・三重に積んだようにも見えるし、右に左に分かれたりつながったりして見える。島々には松の葉が青く茂り、枝は潮風に吹き曲げられている。その景色は美人の顔のようにうるわしく、この自然の霊妙さに向かえば、誰が絵や文で表せるものかという気にもなってくる。着いた雄島《おじま》は海岸から地つづきで、瑞巌寺《ずいがんじ》*を中興した雲居《うんご》禅師の住居跡などがあり、今も世を隠れてひっそり暮らす人の庵が見える。

＊**塩竈明神**　現宮城県塩竈市にある塩竈神社。陸奥国の一の宮。

＊**灯籠**　塩竈神社には、寛文年中に再造された宝燈があり、鉄扉に「文治三年七月十日和泉三郎忠衡敬白」とある。

＊**雄島**　松島の海岸から渡月橋でつながる島。本文の「地つゞきて」は厳密には誤り。

＊**瑞巌寺**　松島にある臨済宗の寺院。雲居は近世初期に迎えられ、中興の祖となった。

松島

夜になって月が海に映るころ、宿に入り二階の部屋で窓を開け放すと、風雲の中に旅寝をするようで、別世界にいるかとも思われる。この時、曾良が詠んだ「松島や鶴に身をかれほと、ぎす」⑳は、折から一声を響かせて飛ぶ時鳥に対して、この絶景には鶴の姿となって鳴いてくれればよいのに、と呼びかけたもの。私はといえば、一句も詠むことができず、*寝ようにも興奮して眠れない。江戸を発つにあたり、門人・知友が贈ってくれた詩歌や発句を袋から取り出し、今宵の友とするばかりだ。翌十一日は瑞巌寺に詣でる。開山・中興の時を経て、極楽浄土を示現したような大寺院である。『撰集抄』*で知られる見仏《けんぶつ》上人の寺もこのあたりであったかと思うと、何とも慕わしい気分になる。

平泉探訪 十二日は平泉へ向かって発足。歌枕をたどり、木樵《きこり》や猟師の使う道を行くと、間違って石巻《いしのまき》という港に出た。海上には家持《やかもち》が「すめろきの御代栄えむと東なるみちのく山に黄金《こがね》花咲く」（『万葉集』）と詠んだ金華山。入江には数百の船が集まり、立ち並ぶ家々からは竈の煙が絶えないといった繁栄ぶりに、*思いがけずこのような所に来たものだなあと、ひとしきり感慨にふける。宿を借りようとす

---

* 実際は「島々や千々《ちぢ》にくだきて夏の海」（『芭蕉全伝附録』）を詠んでいる。『細道』には採用せず、絶景の前で口をつぐむ自己を演出した。

* 『撰集抄』 西行に仮託された説話集で、芭蕉の愛読書。本文に書名は出ないものの、雄島の庵に十二年を過ごした、平安末期の見仏に関する逸話も収める。

* 仁徳天皇「高き屋に登りて見れば煙たつ民のかまどは賑《にぎ》わひにけり」（『新古今集』）による表現。『日記』には宿が借りにくいとの記述はなく、道を間違えたことも文芸的な虚構と見られる。

ると、こちらの風体を怪しまれたのか、貸す者がいない。やっとのことで貧家に宿り、また見知らぬ道を迷いつつ行く。いくつもの歌枕を過ぎ、登米《とよま》*に一宿し、二十里ほどをたどって平泉に至る。

　ここは、かつて奥州藤原氏が清衡《きよひら》・基衡《もとひら》・秀衡《ひでひら》の三代にわたって栄華を誇り、やがて鎌倉方の攻撃に滅んだところ。嫡子である次男泰衡《やすひら》*が父秀衡の命に背いて義経を攻め、どこまでも義経に忠節を尽くす三男忠衡《ただひら》と対立関係になったこと、義経は泰衡によって忠臣ともどもこの地で最期をとげたこと、結局は泰衡も頼朝軍に討伐されたことなど、過ぎてしまえばすべては夢のようなもの。そんな思いを抱えながら、義経の居館があった高館《たかだち》に上ると、眼下には北上川の大きな流れ。衣川は忠衡の城趾をめぐって北上川に流れ込み、泰衡らの旧跡もあのあたりかと遠望される。

　それにしても、この地で義経主従が果てたかと思えば、自然と「国破れて山河あり、城春にして草青みたり」の詩句*が口を衝き、時が過ぎるのも忘れて涙に暮れる。気がつけば、目の前を覆うのは先ほどと同じ草の茂り。私が「夏草や兵《つわもの》どもが夢の跡」㉑と詠めば、曾良が「卯《う》の花に兼房《かねふさ》みゆる白毛《しらが》かな」㉒と応じる。兼房は高齢の身で義経によく仕え、白髪を振り乱しつつ、この高館で奮戦したという。眼前の卯の花にその白髪が重なって見えるとしたもので、夏草の中に兵士たちを幻視した私の発想を襲っている。いずれ諸行は無情。この世に生きる意味など、あれこれと考えにふけったことである。

＊**登米**　現宮城県登米《とめ》郡登米《とよま》町。本文の「戸伊摩《といま》」は、耳で聞いて適当な漢字を宛てたもので、『日記』にも「戸今」などとある。

＊　本文では「康衡」。

＊**詩句**　杜甫詩「春望」の「国破レテ山河在リ。城春ニシテ草木深シ」に基づく。記憶の曖昧によるのか、中尾本で「城春にして青々たり」と書き、天理本の書写者が「城春にして青ミたり」と誤写したのをいかし、「草」の一字を書き加えて現行本文とした。

高館義経堂

その足で中尊寺を訪ね、噂に名高い光堂《ひかりどう》と経堂を拝観する。*金箔に覆われた光堂は、風雨や霜雪に退廃すべきところ、四面を鞘堂《さやどう》で囲うことにより、千年前の姿を今に残している。諸行無常の理からすれば、それも暫時の間に過ぎまいとは思うものの、やはりありがたいことは格別。「五月雨の降《ふり》のこしてや光堂」㉓は、すべてを朽ち滅ぼす五月雨もここだけは降り残してくれたのだなあ、という感慨を詠んだもの。ただし、ここにも興じる気分が入っていることは否定できず、やはりこれが私の性癖というものらしい。

＊『日記』に、経堂は別当が留守で開帳してもらえないとある。本文の「経堂は三将の像をのこし」も実際とは異なる。

三 出羽路の旅

尿前・尾花沢

松島で月を見ることは、出発前からの念願であったし、敬愛する義経が最期を遂げた平泉も、この旅の大きな目的地であった。それでも、まだま

封人の家

奥州上街道

だ行きたいところは多数ある。このまま南部地方へ直進したい気持ちにもなるけれど、やはり先を急ぐことにして、出羽方面へと向きを変える。尿前《しとまえ》の関*ではさんざん取り調べを受け、日も暮れたので、国境役人の家に泊めてもらう。このあたりでは、家の中に人と馬が同居しており、土間をはさんで馬の小便の音などが耳に入る。これも一興だし、風雨に三日の逗留を余儀なくされたのも、旅にはよくあること。「蚤虱《のみしらみ》馬の尿《ばり》する枕もと」（㉔）と、そんな旅心を誇張気味に詠んでみた*。和歌や連歌では絶対に扱わない材料を揃え、しかもそれらに負けない実情・実感を込めたつもりだ。日常生活の詩とでもいったらよいだろうか。

山刀伐峠《なたぎりとうげ》を越えようとすると、この家の主人がいうに、ここでは案内人を頼むのが無難であるとの由。来てくれたのは、脇差と杖に身を固めた体格のよい若者。今日は危ない経験をするのかと、おそるおそるその後を行く。「高山森々《しんしん》として一鳥《いっちょう》声聞か

＊ **尿前の関**　鳴子温泉の西にあった関。『日記』にも厳重な番所とある。

＊ 新庄領の堺田《さかいだ》で宿ったのは庄屋の有路《あるじ》家で、客間に寝たはず。旅の侘びた一夜を演出する意図が認められよう。また、実際の宿泊は二泊。

清風邸跡

山刀伐峠

ず」*などと漢詩めいた一節を口にしながら、暗い木《こ》下闇《したやみ》を行き、雲に手が届くかといった心持ちで、篠を踏み分け、水を渡り、岩に躓《つまず》くなど、冷や汗をかいてきた果てにようやく最上の庄に出る。「この道は危険が多く、今日は何事もなくて幸運でした」と若者が語るのを聞いて、今さらながら胸のとどろくことであった。

尾花沢《おばなざわ》では清風《せいふう》*という旧知の者を訪ねる。土地の富者ながら、高潔なお人柄。俳諧も堪能で、三都にたびたび通い、旅人の思いをよくわかっている。私たちを何日も滞留させて、あれこれもてなしてくれる。その名の通り、家にも心地よい風が通り、実に気分がよい。この地ではくつろぐことを「ねまる」というと聞き、それではと披露したのが「涼しさを我宿《わが》にしてねまる也」（㉕）。「涼し」は夏に招かれた家を賞賛する表現であり、まるでわが家にいるような心安さで、くつろいでいることを伝えたかったのだ。

＊杜甫「蜀相」の「錦官城外柏森森」や、王安石「鐘山」の「一鳥鳴カズ山更ニ幽ナリ」などを踏まえる。漢文訓読的な文体で緊張感あふれる場面を構築し、次の尾花沢とは好対照をなす。

＊清風　紅花の受荷問屋と金融業で栄えた富商、鈴木道祐。商用で三都に通う際に俳諧交流をし、『おくれ双六』『稲莚』『誹諧一橋』の三書を編集・刊行。芭蕉とも何度か俳席をともにしている。一六五一～一七二一。

そんな気分の中では、目にするもの、耳にするもの、すべてが慕わしく感じられる。そこで、「這出《はいいで》よかひやが下のひきの声」(26)、「まゆはきを俤《おもかげ》にして紅粉《べに》の花」(27)と詠んでみた。「飼屋《かいや》」とは蚕を飼育する小屋で、その下の蟾蜍《ひきがえる》に出てこいと呼びかけたのは、「朝霞かひ屋が下に鳴くかはづ声だに聞かば我《あれ》恋ひめやも」(『万葉集』)などの表現を借りつつ、くつろぐ心のありようを示したのだ。また、眉掃《まゆはき》は女性の化粧道具で、清風が商う紅花はこれによく似ているため、どことなく平安朝の女性たちも連想されたのだった。いうなれば、この地の景物に古代的な何かを感じての二句で、曾良はそのことをよく理解し、「蚕飼《こがい》する人は古代のすがた哉」(28)と詠んでくれた。養蚕する時の素朴な身なりを「古代の姿」としたもので、やや直截に過ぎる表現ではあれ、私の感情に寄り添おうとする姿勢がうれしい。なかなかおもしろい四句一連ではなかろうか。

山寺・大石田

清風らがしきりに勧めるので、少し回り道をして、慈覚大師が開基した立石寺《りゅうしゃくじ》*という山寺を訪ねる。尾花沢からは七里ほどで着き、日も暮れないのを幸い、さっそく山に登って参詣する。岩に巌《いわお》を重ねたという趣で、まさに清閑の地と呼ぶのがふさわしい。岩山を這うように仏閣群を拝して回ると、ただ心が澄み切っていくばかり。折から鳴きしきる蝉の声も、決して静寂さを乱すことがない。まるで岩の中にしみ通っていくようにも感じられて、「閑《しずか》さや岩にしみ入《いる》蝉の声」(29)の句を得た。予定外の地で味わう至福の時。これぞ旅の一徳であろう。

＊立石寺　現山形県山県市山寺にある天台宗寺院。中尾本の貼紙下には「隆釈寺」とある。現在の発音はリッシャクジ。

最上川の水流

立石寺からの景観

次に赴いた大石田《おおいしだ》では、舟で最上川を下るために天気の回復を待っていると、声をかけてくる者（高野平右衛門）*がいる。この地にも古くから俳諧が伝わり、楽しんでいるとのこと。されど指導者もなく、新しい俳諧の詠み方を心得ずにいるので、ぜひ手ほどきをお願いしたいという。無下に断るのもどうかと思い、最初はしぶしぶ歌仙を巻きはじめたところ、実に楽しい一座となった。*思いがけず人と出会い、風雅な一時をともにするというのも、やはり旅の醍醐味に違いない。

そうこうして、ようやく舟に乗る。*この最上川は急流として名高く、山形を水上《みなかみ》として酒田の海に注いでいる。「最上川のぼればくだる稲舟《いなぶね》のいなにはあらずこの月ばかり」（『古今集』）を思い出しては、これに稲を積んだものが歌の稲舟かと興じ、あれが白糸の滝、そっちは仙人堂と、指をさしての観光気分。極めつけは水量の多さと水流の速さで、水がみなぎって舟が危ういほど。「五月雨をあつめて早し

＊ **高野平右衛門**　大石田の廻船業者。俳号は一栄で、清風の仲間。尾花沢で芭蕉との一座もすませており、芭蕉の訪問は予定の行動であった。生没年不詳。

＊ 中尾本の貼紙下には、新古を乱して別れたとあり、実際はあまり作品の出来に満足していなかった可能性が高い。

＊ 実際は大石田で乗船せず、二泊後に陸路で新庄へ向かい、元合海から清川まで舟に乗っている。

最上川」(30) はその実感を詠んだものだ。

三山順礼

舟を上がって、次にめざすのは出羽三山。六月三日、羽黒山《はぐろさん》に登り、図司《ずし》左吉*という者の案内で会覚阿闍梨《えかくあじやり》に拝謁したところ、南谷《みなみだに》の別院に宿を用意し、細やかな心遣いでもてなしてくれる。四日には本坊で俳諧興行が催され、その発句に「有難《ありがた》や雪をかほらす南谷」(31) と詠む。地名の南谷に掛け、心地よい涼風が南から吹いているとしたもので、この地では夏に雪が残っているのもおもしろい。五日は羽黒権現社に参詣する。当山の開闢《かいびゃく》は能除大師。ここは仏教と神道と修験道が共存する地で、別当寺は江戸の東叡山寛永寺に属している。天台宗の教理を守って皆が修行に励み、まさに霊山霊地と呼ぶにふさわしい。

八日、*修行者の姿となって月山《がっさん》に登る。天空の中に入るような心地で、氷雪を踏みしめながら歩くこと八里、身はこごえ息も絶え絶えの状態で頂上に至ると、ちょうど日が没して月が現れる。山小屋で一夜を明かし、日が出てから湯殿山《ゆどのさん》に向かう。谷の鍛冶小屋では、ここでかの月山銘の名刀が生まれたのかと、古《いにしえ》の名工が慕わしく思われる。ふと見ると、三尺ほどの峰桜がつぼみを半ば開かせている。雪の下に長くあっても春を忘れずにいたのだなあと、その花の心が殊勝に感じられる。たどりついた湯殿は、山全体が神体としてあがめられる聖なる地。行者の掟として、ここでの詳細は他言無用となっているので、*書き記すことは控える。

南谷の坊に戻ってから、阿闍梨の求めに応じて、三山順礼の句を短冊にしたため

---

* **図司左吉** 羽黒の門前町で法衣の染物を業とし、三山の案内役でもあった。俳号は呂丸で、これを機に蕉門に入った。?〜一六九三。

* 『日記』では六日に月山に登っており、七日に湯殿に向かい、八日は南谷で休んでいる。

* 三山巡礼では、死を象徴する月山と再生の象徴である湯殿山の参詣時、前夜に他言しないことを制約するのがしきたり。

羽黒山南谷

る。「涼しさやほの三か月の羽黒山」（㉜）は、羽黒山の上に三日月がほのかに浮かぶ情景をとらえたもので、「涼しさ」はその清涼感をたたえた挨拶の詞でもある。「雲の峰幾つ崩《くずれ》て月の山」（㉝）は、入道雲が湧いては崩れ、湧いては崩れした後、月山を月が照らしているとしたもの。「語られぬ湯殿にぬらす袂《たもと》かな」（㉞）では、湯殿山の尊さに涙で袂をぬらしたことを詠んでみた。この山を象徴するのは熱湯が湧き出る巨岩で、これを拝する者は参道に散銭をする。そのことに着目したのが曾良の「湯殿山《ゆどのさん》銭ふむ道の泪《なみだ》かな」（㉟）。ここでも彼は私の表そうとするものを理解し、彼なりの把握でそれに応じている。

鶴岡・酒田・象潟

三山を後にして、左吉に送られながら、鶴岡の城下に長山重行《しげゆき》*という武士を訪ねる。この人も俳諧を好み、早速に俳席が設けられる。川舟で酒田の港に下っては、淵庵《えんあん》不玉《ふぎょく》*という医師のもとに逗留。もちろん、ここでも歌仙の興行となる。「あつみ山や吹浦《ふくうら》かけて夕すゞみ」（㊱）は、その名も暑い温海山《あつみやま》からその暑気を払うような吹浦方面まで、一望しての夕涼みである、と詠んだもの。「暑き日を海にいれたり最上川」（㊲）では、そうした暑い一日を流し込むように、

＊長山重行　庄内藩士、長山五郎右衛門。江戸在勤中、芭蕉と面会を果たしている。生没年未詳。

＊淵庵不玉　酒田の医師、伊藤玄順。淵庵は医号で、不玉が俳号。酒田俳壇の中心的な一人。一六四〇～一六九七。

象潟

最上川に日が沈む情景をとらえてみた。実をいうと、二句のできた順序は逆だし、別の日に詠んだものなのだけれど、こうして並記すると、暮れ方にようやく涼をえた喜びが浮かび上がり、我ながら効果的な配列に思える。

松島と並んで、私がもう一つ行きたいと願っていたところが象潟《きさがた》。*松島より規模は小さいものの、同じく入江に多くの島が点在する景勝地である。酒田から北上すること十里。日影も傾くころ、雨に煙る象潟に到着する。ふと思い出されたのは、室町時代に中国に渡った僧の策彦《さくげん》が雨の晩に西湖《せいこ》を訪ね、「雨奇晴好ノ句ヲ暗《そら》ジ得テ、暗中ニ模索シテ西湖ヲ識《し》ル」（『南游集』）と詠んだこと。「雨奇晴好ノ句」とは、蘇東坡《そとうば》「西湖」の「水光瀲灎《れんえん》トシテ晴レテ偏《ひと》ヘニ好《よ》シ、山色朦朧《もうろう》トシテ雨モ亦《また》奇ナリ」（『聯珠詩格』）のことで、この詩は西湖を絶世の美女たる西施《せいし》になぞらえている。これらを頭の中で反芻し、「雨もまたおもしろいではないか」とつぶやきながら、漁師の小屋で一夜を過ごす。*

翌朝はみごとに晴れ上がり、すぐに舟で遊覧をする。まずは、能因が三年間を過

＊ 象潟　当時はキサガタと発音。文化元年（一八〇四）の地震で地盤が隆起し、潟に島が点在する景観は消失。農地として開拓が進んだ。

＊ 実際は宿屋に宿泊。『日記』の象潟までの道中、漁師小屋で雨宿りをしたとある。その経験をいかし、能因歌「世の中はかくても経《へ》けり象潟のあまの苫屋《とまや》をわが宿にして」（『後拾遺集』）等を踏まえつつ、効果的な一夜を創作した。

ごしたと伝承される能因島に舟を寄せ、その向こうの岸で舟を上がれば、西行が「象潟の桜は波にうづもれて花の上こぐあまの釣り舟」*と詠んだ桜の老木がある。江のほとりには神功皇后の御陵があり、干満珠寺《かんまんじゅじ》という寺がある。その方丈にすわって簾を上げると、南に鳥海山がそびえ、西にはうやむやの関、東に秋田への道が続き、北には海がひろがり、すべての風景は一眼の中。その海から波が入るところを汐越《しおこし》という。江の縦横は一里ほど。松島に似てまた違うところもある。松島を笑顔とすれば、象潟は憂い顔。もちろん、どちらがよいとか悪いとかではなく、傷心の美女を思わせるこの土地も私を惹きつけてやまない。

象潟を詠む

その思いを詠んだのが、「象潟や雨に西施《せいし》がねぶの花」㊳。越《えつ》の国から西施を献上された呉《ご》の国王は、その色香におぼれて国を滅ぼしたという。憂いに沈む姿がまた美しかった西施。その眠る姿さながらの合歓の花が、雨に濡れる姿を詠んだものだ。次の一句は、汐越の浅瀬に鶴のたたずむ様子をとらえた「汐越や鶴はぎぬれて海涼し」㊴。この二句の並置は、雨の象潟から晴天下の象潟へと、大きく一変するさまを強調した本文の構成に、そのまま合わせたものといってよい。そして、その根底にあるのは、晴れてすばらしく、雨もまた趣深いとして、西湖の様子を西施になぞらえた蘇東坡の発想である。

さらにここでは、曾良の詠んだ二句と、この地で出会った低耳《ていじ》*という岐阜の商人の句を掲げ、五句一連の構成を図っている。実は、滞在中に熊野権現社の祭礼があ

＊ 西行作の確証はないものの、『継尾集《つぎお》』等にも西行の歌として載る。

＊ **低耳** 岐阜の商人、宮部弥三郎。芭蕉の知り合いらしく、以後も諸書に句が散見する。生没年未詳。

ったのだけれど、そのことを本文に書くと、焦点が定まらずぼやけたものになってしまう。そこで雨・晴の自作二句につづけ、「祭礼」の前書を付し、曾良の「象潟や料理何くふ神祭《かみまつり》」㊵と低耳の「蜑《あま》の家《や》や戸板を敷《しき》て夕涼《ゆうすずみ》」㊶を配してみた。年に一度の晴れがましい日、ご馳走を用意して祝う人々に対して、旅人らしい好奇心を示したのが曾良の句。低耳の句をこれに並べると、漁師の一家が浜辺に戸板を敷いてくつろぐ、食後の団欒風景とも見えてくるだろう。これが配列の妙味である。*

さらにこの後、「岩上に雎鳩《みさご》をみる」の前書で曾良の「波こえぬ契《ちぎり》ありてやみさごの巣」㊷を置くと、右の家族をほほえましく眺める旅人の、海上に目を転じてとらえた景ということになろう。雎鳩は夫婦仲がよい鳥として知られ、沖合の岩などに巣を作る習性がある。曾良はそこに目をつけ、波が越えないという約束でもあってあんなところに巣を掛けているのか、と詠んだのである。「波こえぬ」ですぐに想起されるのは、末の松山を詠み込む和歌。その歌枕を訪ね、墓地になっていたと知って衝撃を受けたのも、つい昨日のことのようである。

永遠に無事が保証されているわけではなくとも、そのことを信じ、自分たちの愛の巣を営む鳥の姿。考えてみれば、一瞬後の運命も知らずに生きるのは、生あるもの一切の定め。我々とて、あの雎鳩と何も変わるところはない。無常という一点において、すべての存在は等価値なのであろうし、無常であるからこそ、すべてが愛おしいものに思えてくる。目を近くに戻せば、祭りの料理に腹を満たしてくつろぐ

---

* 中尾本の貼紙下では曾良・低耳句の前に文章があったのを、「祭礼」の前書だけの形に直し、「波こえぬ」も含めた五句並置を図ったと見られる。

家族の姿。そんなどこにでもある光景が、尊く思えてならないのである。

四 北陸路の旅

七夕と市振の夜

いったん酒田に戻ってから、北陸道を南下する。まだまだ先は長く、加賀の地までは百三十里という。鼠《ねず》の関を越えて越後の国に入り、市振《いちぶり》＊の関にたどりつく。この九日間は、暑熱と雨湿に精気が衰え、持病が出たこともあって、記事を書くことができない、ということにして、＊途中で詠んだ二句を掲げるにとどめた。七月六日に詠んだのは「文月《ふみづき》や六日も常の夜には似ず」㊸で、七夕を明日に控え、今夜から何か艶な気分が感じられるというもの。これに「荒海《あらうみ》や佐渡によこたふ天河《あまのがわ》」㊹を並べると、年に一度の逢瀬というはかなくも尊い天上の恋が、より明確に意識されてこよう。記事が少ない分、象潟からの心理的な距離感も短くなり、二星や雎鳩や漁師一家の像などが重なって見えてくる。正直にいえば、これも一つの配列意識ということになる。

数々の難所を越えて疲れたため、市振の宿では早々に床に入る。すると、隣の方から男女の声がし、二人は若い女で、どうやら伊勢参宮をめざす新潟の遊女である

＊ 本文では「一ぶり」。

＊ 『細道』中で最大の省筆箇所。『日記』に体調不良の記事はなく、旅も後半になっての労苦を集約的に示すと同時に、象潟での「契」のテーマを次につなげる措置かと見られる。実際は、酒田から市振まで滞在も含めて十六日を要している。

市振関所跡

らしい。もう一人の老いた男は、ここまで見送ってきて、明日は戻るのだという。寝入る間際の耳に、「白浪の寄する渚に世を過ぐす海人の子なれば宿も定めず」（『和漢朗詠集』「遊女」）と詠まれるような、はかなく浅ましい世渡りの自分たちは何と罪深いのか、といった話が入ってくる。

　翌朝の出立時分、彼女らは私たちを僧侶と見誤り、「道も不案内で心細いので、仏につながる者のご慈悲として、跡をついて行かせてほしい」と涙ながらに依頼する。「不憫《ふびん》なことながら、人の歩みに従えば、神明の加護によって必ず無事に着くだろう。私たちはあちこち逗留しながらの旅なので…」と答えるのがやっとのこと。「一家《ひとつや》に遊女もねたり萩と月」㊺はその折の句。遊女として生きるのも運命だとすれば、私が行脚をしているのも、やはり何か大きな力の計らいかもしれない。そんな者たちが一所に泊り合わせた不思議さに、ただただ胸を打たれるばかりだ。＊

金沢・小松

ここからいくつも河を越え、那古《なご》という浦に出る。「たごの浦の底さへ匂ふ藤波をかざして行かむ見ぬ人のため」（『万葉集』）と詠まれた担籠《たご》を訪ね

＊遊女と泊り合わせたことも『日記』になく、一般には虚構の一場と推察されている。ただし、『日記』には出会った人物に関する記述が少なく、『日記』にないことで、ただちに事実ではないと断言することもできない。

ようと、人に尋ねても、「五里もの道をわざわざ行っても、漁師の家が少しあるだけで、宿を貸す者などなかろう」との返事。行くのはあきらめて加賀の国に入る。「わせの香《か》や分入《わけいる》右は有磯海《ありそうみ》」㊻はこの時の句で、早稲の香の中を進む先に有磯海を見渡したものだ。それにしても、田植を見たのがついこの前と思っていたのに、早くも稲の実りが始まっているとは……。しみじみ時の推移が感じられてならない。

卯《う》の花山《はなやま》や倶利伽羅《くりから》峠やらを越え、金沢に着いたのは七月十五日。何処《かしょ》＊という大坂の商人と知り合い、旅宿を同じくする。ここには一笑《いっしょう》＊という著名な俳人がいるので、会うことを楽しみにしていたところ、何と昨冬に早世したという。その兄が催す追善の会に出席し、「塚も動け我泣《わがなく》声は秋の風」㊼の句を手向ける。私の泣く声が届いたならば、せめてこの塚を動かして応じてくれよ、というのは、むろん亡き人の霊に問いかけたものだ。秋風は悲愁の感を催させるもので、この句において、その風と泣き声はほとんど一つになっている。

小杉一笑の墓

しかし、秋風のイメージはそれだけに限らない。清爽とした風でもあり、いち早く秋を知らせる風でもあり、植物をなびかせる風でもある。そうし

＊何処　大坂の人で、『猿蓑』等にも入集する。?～一七三一。

＊一笑　金沢の商人、小杉新七。加賀俳壇の中心的な一人で、元禄元年に三十六歳で没。一六五三～一六八八。

た秋風の諸相をとらえながら、四句一連で金沢から小松への道行《みちゆき》を表現しようと考え、「ある草庵にいざなわれて」の前書で「秋涼し手毎《てごと》にむけや瓜《うり》茄子《なすび》」（㊽）、「途中吟」の前書で「あか〳〵と日は難面《つれなく》もあきの風」（㊾）、「小松と云《いう》所にて」の前書で「しほらしき名や小松吹《ふく》萩すゝき」（㊿）と並べてみた。＊「風」の字の有無とは別に、これらは秋風の一連と呼んでもよいものだ。涼風の中で瓜・茄子に舌鼓を打ち、残暑の中のわずかな風に救われ、萩・薄を揺らせる風に興じる。秋風といっても傾向はさまざま。これも自然の豊かさにほかならず、私はそういう多様性をも表現したいと考えている。

実盛兜像

この小松では多太《ただ》神社＊に詣で、斎藤別当実盛《さねもり》が着用した兜《かぶと》と錦《にしき》のきれを拝観する。平家方に付いた後、かつて仕えた源義朝より拝領の兜を着て戦い、義仲軍によって討たれた人物であり、たしかにそれは並の武士が着るものではない。かつて養育したことがある義仲と戦うにあたり、白髪を染めて出陣したことは、『平家物語』等によってよく知られている。謡曲「実盛」では、首実検をした樋口次郎が「あなむざんやな」と慨嘆しており、私はその文句を借りつつ、「むざんやな甲《かぶと》の下のきり

＊　実際の成立は「あか〳〵と」「秋涼し」「塚も動け」「しほらしき」の順。

＊　**多太神社**　本文では「太田の神社」。現石川県小松市にある八幡社で、実盛の兜などを宝物とする。本文では実盛を「真盛」と表記。

山中温泉和泉屋跡

那谷寺の奇岩

ぐす」(51)の一句をなした。実盛も義仲も、そして私たちも、はかない現世で懸命に生きるという点に違いはない。そして、それは、眼前で鳴いている蟋蟀《こおろぎ》も同じではないだろうか。

那谷*・山中

山中《やまなか》温泉に行く途中、那谷《なた》の観音堂を訪ねる。花山法皇が三十三所の観音巡礼を果たした記念として、この地に観音像を安置したものであり、一番の那智《なち》、三十三番の谷《たに》汲《ぐみ》から一字ずつを取り、那谷寺と名づけたのである。奇岩を重ねた上に小堂があり、実に殊勝なことである。ここで詠んだ「石山の石より白し秋の風」(52)は、秋が五行配当の色では白に相当することを踏まえ、白い石に白い風が吹き寄せる、その清涼感を表そうとしたもの。この旅に出て以来、生きることの哀れに思いをいたしがちな私には、この何ともいえない清らかさが、一切の衆生を救わんとする、観音の大慈大悲にも通じると感じられたのである。

* 那谷の観音堂　現石川県小松市にある那谷寺。『日記』によれば、実際は小松から山中に赴き、再び小松に入る前に那谷を訪問。その順を変えたのは、死の話題が続いたのを受け、慈悲によってそれら包む意図と見られる。

有馬*に次ぐ効能といわれる山中の湯に、心身ともによみがえるのが実感される。謡曲でも知られる周代の菊慈童は菊の露で永遠の生を得たとされるが、この温泉に入れば菊も必要はないだろう。そんな思いで、「山中や菊はたおらぬ湯の匂《におい》」(53)と詠んでみた。実は、主人がまだ小童であることから、菊慈童に連想が及んだのであった。この人の父も生前は俳諧を好んだそうで、私の敬愛する貞室*がここを訪ねた折の逸話も聞かされた。何でも、俳諧の修行が足りずに恥をかいたことから、帰洛の後は大いに発憤して大成、その後はここから点料（添削・加点等の指導料）を受けなかったというのだ。こんな話に出合えるのも、旅の徳というものだ。

江戸を出て約四カ月間、無事に旅を続けてこられたのも、親身に世話をする曾良のおかげであり、私の心意をよく理解してくれる点もありがたい。なのに、その曾良は腹具合を悪くし、このままではかえって私に迷惑をかけるからと、親戚のいる伊勢長島に先行することとなった。予想だにしなかった、まさかの別離*。「行々《ゆきゆき》てたふれ伏《ふす》とも萩の原」(54)は先立つに当たっての吟で、たとえ倒れ伏すことになろうとも前進を続けるという、その意気は尊い。私はといえば、「同行二人」と笠に記した文字も消さずばなるまいの思いから、「今日よりや書付《かきつけ》消さん笠の露」(55)と詠み、いつまでも後ろ姿を見送るばかりであった。

加賀から越前へ

ここから大聖寺《だいしょうじ》*という町に出て、全昌寺という寺院に泊る。寺の者の話では、曾良も昨夜はここに宿り、「終宵《よもすがら》秋風聞《きく》やうらの山」(56)と詠ん

---

* **有馬**　現兵庫県の有馬温泉。西村本の本文は「有明」と誤記。中尾本・天理本には「有間」。

* **貞室**　貞徳直門の俳諧宗匠、安原正章。野心的人物として知られる一方、芭蕉や蕉門諸家からは好意的に評される。一六一〇～一六七三。

* 『日記』には、翁（芭蕉）と北枝が那谷に向かった、とあるのみ。当然ながら、以後の『日記』の記述からは芭蕉の動向が知られない。

* **大聖寺**　現石川県加賀市大聖寺町。本文に「大聖持」とあり、「寺」と「持」は当時通用。全昌寺は山中で泊った和泉屋の菩提寺で、曾良・芭蕉の宿泊もその斡旋によると見られる。

だという。いつも同じ風を身に受け、さまざまな思いを共有してきた二人であるのに、ここからはそれぞれがそれぞれの秋風を道づれとすることになる。そう思うと、一夜の隔てが千里の距離にも感じられ、私もなかなか寝つけない。やがて読経の声が響き、食事の合図が聞こえてくる。今日は越前の国だと心を奮い立たせ、寺堂から出ようとすると、若い僧たちが一句の所望に紙・硯を抱えてくる。見れば境内に柳が散っているので、「庭掃《はき》て出《いで》ばや寺に散《ちる》柳」(57)としたためた。そういえば、那須野で馬子に短冊を与えたこともあったと、懐かしく思い出されることだ。

汐越の松

　加賀と越前の境、吉崎という入江を舟で渡り、汐《しお》越《こし》の松を見る。西行が「終宵《よもすがら》嵐に波をはこばせて月をたれたる汐越の松」*と詠んだもので、松葉に付いた波しぶきの一つずつに月が映っているという、この一首ですべては詠み尽くされている。私が愛読する『荘子』は無為自然をよしとし、人為的な賢《さか》しらがいかに有害であるかをくり返し説いている。その顰《ひそ》みに倣えば、この歌に一語でも加える者は、役に立たない六番目の指を手に付けるようなものだ。

　松岡*の天竜寺を訪ね、住職と旧交を暖める。金沢で知り合った北枝*という俳諧好きが、私を見送るた

* 実際は蓮如上人の作。当時は西行歌とも伝えられたらしい。

* **松岡**　本文では「丸岡」と誤記。どちらも実在の町名で、天竜寺は松岡にある。

* **北枝**　加賀金沢の研刀師、立花源四郎。金沢からここまで芭蕉に同行して入門。加賀蕉門の中心的存在となる。?～一七一八。

めとここまでついて来た。所々の風景をよくとらえて、なかなかよい句を作る。今や別離の時となり、「物書《かき》て扇引《ひき》さく余波《なごり》哉」(58)と詠んで与えた。扇に詩歌を書く平安以来の伝統を踏まえ、その扇を裂いて渡すとすることで、名残惜しさを振り切って進む決意を示したのだ。五十丁ほど山に入り、道元禅師が開いた永平寺を礼拝する。

福井・敦賀

ここから福井までは三里ほど。十数年前に江戸で会った洞哉《とうさい》*という隠士に会おうと、夕飯をすませ、夕暮れの道を歩く。人に尋ねてたどり着いたのは、夕顔やへちまが生えかかり、鶏頭《けいとう》や帚木《ははきぎ》が戸を隠すように茂る、みすぼらしい小家。出てきた妻に、「どこのお坊さんやら知らんが、亭主は出かけているので、用があるならそこに行きなされ」と言われては、何やら昔物語の一場面*にでも出くわした気分になる。ようやく再会をとげ、その家で二晩を過ごしてから、敦賀《つるが》で名月を見るのがよかろうと出立する。洞哉は裾をおかしな具合にからげ、道案内は私にお任せとばかり、浮かれながら先導する。頼もしくも楽しいお方だ。

道中は歌枕が多く、これがあの歌の橋、あれが例の峠かなどと興じつつ、八月十四日の夕刻に敦賀の

洞哉居宅跡

* 洞哉　福井の人で、本隆寺蔵懐紙に「洞哉」と自署。本文の「等栽」は音通による宛字か。生没年未詳。

* 「夕顔」「帚木」の語が示すように、ここは『源氏物語』を意識した筆致になっている。

色の浜

色の浜本隆寺

港に着く。越路《こしじ》の天気は変わりやすいということで、宿の亭主に案内されて気比《けひ》神宮＊に夜参すると、いかにも神々しい境内の白砂を月が照らしている。このあたりはぬかるんで参詣に苦労を伴ったため、二世遊行《ゆぎょう》上人＊が自ら土石を運んで修復して以来、代々の上人はここを訪れて神前に真砂を運ぶのだという。亭主の教えによれば、それを砂持《すなもち》の神事と呼ぶそうだ。二世の志を尊び、歴代の上人が砂を撒きつづけてきた、その結果が眼前の景ということになる。私は「月清し遊行のもてる砂の上」㊾と詠み、感動にひたりながらいつまでも清光を楽しむのであった。そうして迎えた十五日は、亭主が予告した通りの雨天。まさに「名月や北国《ほっこく》日和《びより》定《さだめ》なき」㊿といったところである。

十六日は晴天となり、舟で種《いろ》の浜＊（色の浜）に向かう。ここは西行が「汐《しお》染むるますほの小貝ひろふとて色の浜とはいふにやあるらむ」（『山家集』）と詠んだところゆえ、その小貝を拾ってみようという魂

＊**気比神宮**　福井県敦賀市曙町にある神社。越前国の一の宮。

＊**二世遊行上人**　時宗の祖である一遍の後を継いだ二世他阿《たあ》上人は、一世に倣って全国を遊行。この姿勢が代々の上人に受け継がれていく。一二三七～一三一九。

＊**種の浜**　現福井県敦賀市の敦賀湾北西の海岸。現在の地名は色ヶ浜。

胆である。舟を用意した天屋某*は酒食をさまざまに整え、従僕たちも一緒に乗り込んで、楽しい一時になる。追い風に乗ってあっという間に着いた浜は、漁師の家が数軒に小さな法華宗の寺があるばかり。夕暮れの閑寂さにしみじみ感じ入り、「寂しさや須磨にかちたる浜の秋」(61)と詠む。いうまでもなく、須磨は寂しい情感を味わう土地として、さまざまな文献に取り上げられている。また、もう一句、海岸に萩の花屑が散り込んでいるのを見て、「浪の間《ま》や小貝にまじる萩の塵」(62)と詠んだ。この日のあらましは洞哉が記した文章にくわしく、それは今も寺に残っているはずだ。*

大垣に到着

この旅もいよいよ終着が近づき、敦賀まで迎えに来た路通*と美濃国に入り、馬の助けを借りて大垣に至る。「野ざらし」の旅で訪れて以来、ここ大垣には深い愛着を感じており、懐かしい人もたくさんいる。蕉門が江戸以外に広まったのも、まずこの地に門人のできたことが、一つのきっかけであった。だから、結びの地は大垣しかないと、ひそかに胸の中では決めていたのだ。

如行*の家で身体を休めていると、曾良も伊勢から駆けつけ、名古屋の越人*は馬を飛ばしてくる。大垣の人々も日夜に訪れ、無事を祝っていたわってくれる。当の私はといえば、例のそぞろ神にまたしてもそのかされ、旅心が募ってくる。今年は式年遷宮の年、伊勢に行かない手はないだろう。そう思いを定め、九月六日、「蛤《はまぐり》のふたみにわかれ行秋《ゆくあき》ぞ」(63)と詠み、舟で大垣を後にする。蛤の蓋と身が

---

* **天屋某** 敦賀の廻船問屋、天屋五郎右衛門。俳号は玄流。生没年未詳。『日記』によると、曾良もここを訪ね、芭蕉への手紙をことづけている。
* 文中に「法花寺《ほっけでら》」とある本隆寺に、洞哉自筆の句文懐紙が伝存。
* **路通** 本文では「露通」。行脚僧で後に還俗した、斎部《いんべ》伊紀。当初は「細道」の旅の同行者にも予定される。何かと問題を起こしがちで、一時的に蕉門から離れる。一六四九～一七三八。
* **如行** 大垣藩士、近藤源太夫。貞享以来の門人で、後に僧となって名古屋に移る。生没年未詳。
* **越人** 名古屋の商人、越智十蔵。貞享以来の門人で、俳諧点者として活躍する。生没年未詳。

分かれるイメージを提示しつつ、自分も人々に別れを告げて二見が浦に向かうこと、秋もやがて去ろうとしていることなど、重層的に表したもので、旅の句にはこうした技巧も悪くないと考えている。

それにしても、本当にいろいろなことがあった。この旅を通じて、すべては変化してやまないということを、私は心の底から実感するに至った。それぞれの生命には終末があり、景観も姿を改めていく。それでも、与えられた運命の中、木も花も虫も鳥も人も、懸命に生きてやむことがない。太古の昔から変わらないのは、その一点といってもよいだろう。時は流れ、一切が移ろう中で、なお不変のままに存在しているもの。私がこの旅でかいま見たのは、そうした志のごときものであったかもしれない。理屈としてではなく、具体的な哀歓の諸相を通して、そのことを表してみたいものだ。もちろん、俳諧なのだから、興じる姿勢も忘れるわけにはいかない。この旅の後の上方滞在中、『猿蓑《さるみの》』＊という撰集に時間を費やしたのも、その意図をどう具現化するかの模索をしていたからにほかならない。『奥の細道』は、紀行という形態でそのことに改めて取り組んだ、私の挑戦の産物である。

大垣水門川の船町港

＊『猿蓑』　芭蕉監修、去来・凡兆編の俳諧撰集。「俳諧の古今集」として名高い。元禄四年（一六九一）刊。

所収発句一覧

①草の戸も住替《すみかわ》る代《よ》ぞひなの家＝この草庵も住人の替わる時となり、今後は雛飾《ひなかざ》りのある華やいだ家となろう、の意。初案は中七「住かはる代や」（落梧宛書簡等）。

②行春《ゆくはる》や鳥啼《なき》魚の目は泪《なみだ》＝行き過ぎる春を惜しんで鳥は鳴き、魚の目には涙が浮かぶ、の意。『細道』執筆時の作。

③あらたうと青葉若葉の日の光＝ああ尊いことだ。ここ日光では日の光に青葉若葉が輝いている、の意。初案は日光への途次で詠んだ「あなたふと木《こ》の下暗《やみ》も日の光」（『書留』）。

④剃捨《そりすて》て黒髪山に衣更《ころもがえ》（曾良）＝黒髪を剃り捨て僧衣をまとって出立し、ここ黒髪山に来て更衣の時期を迎えた、の意。『書留』等に不掲載。

⑤暫時《しばらく》は滝に籠《こも》るや夏《げ》の初《はじめ》＝僧侶が修行に籠《こも》るこの時期、滝の裏に回った私はしばし滝にお籠りした気分だ、の意。『書留』等に不掲載。

⑥かさねとは八重《やえ》撫子《なでしこ》の名成《なる》べし（曾良）＝愛児を撫子になぞらえる伝統に倣《なら》えば、このかさねは八重撫子の名ということになろう、の意。『書留』等に不掲載。

⑦夏山に足駄を拝む首途《かどで》哉＝夏山で行者ゆかりの足駄を拝し、出立の思いを新たに

することだ、の意。初案は「夏山や首途を拝む高あしだ」（『書留』）。

⑧木啄《きつつき》も庵《いお》はやぶらず夏木立《なつこだち》＝寺をつつくという啄木鳥《きつつき》もこの庵は遠慮したのか、夏木立の中に姿を保っている、の意。『書留』に同形で掲載。中尾本の中七「庵はくらはず」を、天理本で「やぶらず」と改める。

⑨野を横に馬牽《ひき》むけよほとゝぎす＝時鳥《ほととぎす》が鳴いた方向、野を進む横の方へ馬を引き向けてくれ、の意。『書留』に不掲載。真蹟の短冊や句切があり、『猿蓑』『俳諧勧進牒』等にも入集。

⑩田一枚植《うえ》て立《たち》去る柳かな＝柳の下で昔を偲ぶ内、一枚分の田植えが終わっており、思いを残しつつ私もここを立ち去ることだ、の意。『書留』等に不掲載。中尾本では「水せきて早稲たばぬる柳陰」に貼紙して現行形に改める。

⑪卯《う》の花をかざしに関の晴着《はれぎ》かな（曾良）＝古人のように晴着の用意もない身ゆえ、せめては卯の花を頭にかざして関を越えることだ、の意。『書留』に曾良句として掲載。

⑫風流の初《はじめ》やおくの田植うた＝陸奥《みちのく》の田植歌こそ、白河を越えて初めに味わう風流だ、の意。これを立句とする等躬・曾良との三吟歌仙が『書留』に掲載。等躬編『忍摺《しのぶずり》』にも同歌仙が入集。発句は『猿蓑』等にも入集。

⑬世の人の見付《みつけ》ぬ花や軒の栗＝軒先に咲く栗は、世間の人が目にとめない花である、の意。初案は「隠家《かくれが》やめにたゝぬ花を軒の栗」（『書留』）。

⑭早苗とる手もとや昔しのぶ摺《ずり》＝ここ信夫の地で忍ぶ摺が行われたのは昔のこと、せめて早苗を取る早乙女の手元に往事の所作を偲ぶとしよう、の意。初案は「五月乙女《さおとめ》にしかた望《のぞま》んしのぶ摺」（『書留』）。再案は「早苗つかむ手もとやむかししのぶ摺」（真蹟懐紙等）

⑮笈も太刀も五月《さつき》にかざれ紙幟《かみのぼり》＝節句も近い五月、紙幟とともに寺宝の笈や太刀も飾っておくれ、の意。『書留』等に不掲載。中尾本の「弁慶が笈をもかざれ紙幟」を天理本で訂正。

⑯笠島はいづこさ月のぬかり道＝笠島はどのあたりなのか。行きたいものの、五月雨のぬかり道ではどうにもしかたがない、の意。『書留』の上五「笠島や」が初案で、数種の自筆懐紙が残るほか、『猿蓑』にも同形（「笠島や」）で前書を伴い入集。

⑰武隈《たけくま》の松みせ申せ遅桜（挙白）＝武隈の遅桜よ、どうか当地の松をわが師のお目に入れてくれ、の意。挙白編『四季千句』に「贈芭蕉ノ餞別」の前書で入集。

⑱桜より松は二木《ふたき》を三月《みつき》越シ＝桜の時期から待ち望んだ二木の松を、三月越しに見ることができた、の意。初案は「散《ちり》うせぬ松や二木を三月ごし」（『四季千句』）。

⑲あやめ草足に結《むすば》ん草鞋《わらじ》の緒《お》＝旅人なので、端午の節句の菖蒲《あやめ》は草鞋の緒に結ぶとしよう、の意。『書留』等に不掲載。

⑳松島や鶴に身をかれほとゝぎす（曾良）＝松島の絶景にふさわしく、時鳥よ、鶴の身を借りて鳴いてくれ、の意。『書留』に不掲載。『猿蓑』等に曾良句として入

集。

㉑夏草や兵《つわもの》どもが夢の跡＝夏草の茂るこの地は兵士たちが功名を夢見て戦った跡。私も夢にその面影を感じたことだ、の意。『書留』に不掲載。『猿蓑』に「奥州高館にて」の前書で入集。

㉒卯《う》の花に兼房《かねふさ》みゆる白毛《しらが》かな（曾良）＝白い卯の花の中に、白髪を乱して奮戦した兼房の姿が見えるようだ、の意。『書留』等に不掲載。

㉓五月雨の降《ふり》のこしてや光堂＝すべてを朽ちさせる五月雨もここは降らずに残したのか、光堂は今も光を放っている、の意。『書留』等に不掲載。中尾本には「五月雨や年々降《としどしふり》て五百たび」「蛍火《ほたるび》の昼は消《きえ》つゝ柱かな」の二句。天理本で後者が抹消され、前者が現行形に推敲された。

㉔蚤虱《のみしらみ》馬の尿《ばり》する枕もと＝蚤や虱に責められ、枕元には馬の小便する音が響く、すさまじい一夜だ、の意。『書留』等に不掲載。「尿」は中尾本・曾良本に「ハリ」のルビ（バリは馬の小便をさす）。

㉕涼しさを我《わが》宿にしてねまる也＝涼しさを満喫し、わが家にいるようにくつろいでいる、の意。『書留』に不掲載。これを立句に清風・曾良らと巻いた歌仙が『繋橋』に入集。

㉖這出《はいいで》よかひやが下のひきの声＝養蚕室の下から蟇蛙《ひきがえる》の声がする。こっちに這い出てこいよ、の意。挙白編『四季千句』の下五「蟇《ひきがえる》」が初案。『書留』に不掲載。

『猿蓑』等に下五「蟾の声」で入集。
㉗まゆはきを俤《おもかげ》にして紅粉《べに》の花＝化粧道具の眉掃《まゆはき》を思わせる形状で、紅《べに》の花が咲いている、の意。『書留』に「立石の道にて」の前書があるように、実際は道中吟。『猿蓑』に「出羽の最上を過《すぎ》て」の前書で入集。
㉘蚕飼《こがい》する人は古代のすがた哉（曾良）＝モンペをまとって養蚕をする人々は、古代人さながらの姿であることだ、の意。『書留』の須賀川辺に「蚕する姿に残る古代哉」の曾良句があり、『細道』執筆時にこれを改め、尾花沢での句とした。
㉙閑《しずか》さや岩にしみ入《いる》蝉の声＝何と静閑なことか。蝉の鳴き声が岩にしみ透っていく、の意。初案は「山寺や石にしみつく蝉の声」（『書留』）。「さびしさや岩にしみ込《こむ》蝉のこゑ」（『初蝉』等）が再案形か誤伝かは不明。
㉚五月雨をあつめて早し最上川＝降り続く五月雨を一つに集め、最上川がすさまじい速さで流れていく、の意。一栄宅で巻かれた歌仙は『書留』に掲載、芭蕉自筆懐紙も現存。その立句「さみだをあつめてすゞしもがみ川」は一栄宅を賞した挨拶句。『細道』執筆時に改め、最上川を下る際の句とした。
㉛有難《ありがた》や雪をかほらす南谷＝ありがたい山の姿だ。ここ南谷には残雪を薫らせて心地よい風が吹いている、の意。初案は下五「風の音」（『書留』）。中尾本は中七を「雪をめぐらす」とした後、「かほらす」に訂正。「有難や雪をめぐらす風の音」（『花摘』等）が再案形か誤伝かは不明。

㉜涼しさやほの三か月の羽黒山《はぐろさん》＝何と涼しいことか。羽黒山の上には三日月がほのかに見える、の意。初案は上五「涼風や」（『書留』）で、同形の真蹟短冊も現存。

㉝雲の峰幾つ崩《くずれ》て月の山＝入道雲がいくつも湧いては崩れた後、月山は月に照らされている、の意。『書留』に掲載。同形の真蹟短冊も現存。

㉞語られぬ湯殿にぬらす袂《たもと》かな＝人に語ることのできない湯殿山の尊さに、涙で袂を濡らすことだ、の意。『書留』に掲載。同形の真蹟短冊も現存。

㉟湯殿山《ゆどのさん》銭ふむ道の泪《なみだ》かな（曾良）＝参道一面の散銭を踏みながら、湯殿山の尊さに涙することだ、の意。初案は曾良句「銭踏《ふみ》て世を忘れけりゆどの道」（『書留』）。

㊱あつみ山や吹浦《ふくうら》かけて夕すゞみ＝その名も暑い温海山《あつみやま》から、暑気を払ってくれそうな吹浦まで、大景を一望しての夕涼みである、の意。『書留』にこれを立句とする不玉・曾良との三吟歌仙が掲載。不玉編『継尾《つぎお》集』に入集。

㊲暑き日を海にいれたり最上川＝夕日を沈め、一日の暑さも海に押しやって、最上川が流れていく、の意。初案は「涼しさや海に入《いれ》たる最上川」（『曾良書留』『継尾集』）。中尾本は「暑き日を海に入レたる最上川」とし、天理本で「海に入レたり」に訂正。

㊳象潟や雨に西施《せいし》がねぶの花＝象潟の美景の中、雨に濡れる合歓《ねむ》の花は、眠《ねむ》りについた西施の面影を髣髴《ほうふつ》とさせる、の意。初案は「象潟の雨や西施がねむの花」（真蹟懐紙・『書留』等）。

㊴汐越《しおこし》や鶴はぎぬれて海涼し＝海から波が寄せる汐越の浅瀬では、鶴の足が水に濡

れていかにも涼しげである、の意。初案は上五「腰長《こしたけ》や」（真蹟懐紙・『書留』等）。「腰長」は日本海に通じる浅瀬をいい、「汐越」も同じ。

㊵象潟や料理何くふ神祭《かみまつり》（曾良）＝ここ象潟では祭礼にどんな料理を食べるのであろうか、の意。『書留』に不掲載。初案は曾良句「蚶《キサ》潟や幾世《いくよ》になりぬ神祭り」（『継尾集』）か。「象潟は料理なにくふ祭りかな」（『初蝉』）が別案か誤伝かは不明。

㊶蜑《あま》の家《や》や戸板を敷《しき》て夕涼《ゆうすずみ》（低似）＝漁師の家では戸板を敷き並べて夕涼みをしている、の意。初案は低耳句「きさがたや海士《あま》の戸を敷礒涼《しくいそすずみ》」（『書留』）で、再案はその下五「夕すゞみ」（『継尾集』）。中尾本は「蜑の屋に戸板敷てや夕涼」とした上で現行形に訂正。

㊷波こえぬ契《ちぎり》ありてやみさごの巣（曾良）＝波が越えないという約束でもあるのか、あの岩の上に雎鳩《みさご》が巣を営んでいる、の意。初案は曾良句「浪こさぬ契やかけしみさごのす」（真蹟色紙・『継尾集』）。

㊸文月《ふみづき》や六日も常の夜には似ず＝七夕を控えた七月の六日ともなると、どこかいつもと違う夜の気配である、の意。『書留』に「直江津にて」の前書で掲載。真蹟懐紙のほか、『猿蓑』等に入集。

㊹荒海《あらうみ》や佐渡によこたふ天河《あまのがわ》＝荒波が立つ海の彼方、佐渡が島にかけて天の川が横たわっている、の意。『書留』に「七夕」の前書で掲載。真蹟懐紙のほか、『俳諧勧進牒』等に入集。

㊺一家《ひとつや》に遊女もねたり萩と月＝自分と同じ宿に遊女も泊っているのか。折しも庭の萩には月光が差している、の意。『書留』等に不掲載。「一家」はヒトツイエとも読める。

㊻わせの香《か》や分入《わけいる》右は有磯海《ありそうみ》＝早稲の香の中を分け入って行くと、右手には有磯海が見渡される、の意。『書留』に掲載。初案は上五「稲の香や」（真蹟懐紙）か。

㊼塚も動け我泣《わがなく》声は秋の風＝貴方を悼《いた》んで泣く私の声は、秋風とともに呼びかける。塚よ、せめてこの声に応じて動いてくれ、の意。真蹟懐紙があり、『書留』にも掲載。

㊽秋涼し手毎《てごと》にむけや瓜茄子《うりなすび》＝秋涼の中、瓜や茄子の皮を各自でむき、いただくとしよう、の意。ノ松《べっしょう》編『西の雲』等の「残暑しばし手毎にれうれ瓜茄子」が初案。

㊾あか〱と日は難面《つれなく》もあきの風＝太陽はなお赤く明るい日射しを投げかけても、風はたしかに秋らしさを感じさせる、の意。真蹟自画賛があり、挙白編『四季千句』等にも掲載。

㊿しほらしき名や小松吹《ふく》萩すゝき＝小松とは何としおらしい名であろうか。風は小さな松の上を吹き、萩や薄《すすき》をなびかせている、の意。真蹟懐紙があり、『書留』に掲載（下五「荻薄」は誤記）。これを立句に世吉（『草のあるじ』等所収）が興行された。

(51)むざんやな甲《かぶと》の下のきり〴〵す＝いたましいことだ。討死《うちじに》した実盛《さねもり》の兜《かぶと》の下で、蟋蟀《こおろぎ》が鳴いている、の意。真蹟懐紙があり、『猿蓑』等に入集。上五「あなむざんや」（『卯辰《うたつ》集』）が初案。

(52)石山の石より白し秋の風＝この石山は近江の石山より白く、さらに白い秋風が吹きめぐっている、の意。真蹟懐紙等がある。

(53)山中や菊はたおらぬ湯の匂《におい》＝山中温泉の湯の匂いは実にすばらしく、長寿の妙薬といわれる菊を手折る必要もない、の意。種々の真蹟懐紙があり、初案は中七・下五「菊は手折らじ湯の薫」（『書留』）。

(54)行々《ゆきゆき》てたふれ伏《ふす》とも萩の原（曾良）＝どこまでも行って倒れ伏すことになろうとも、そこが萩の原ならば本望だ、の意。『書留』に不掲載。初案は曾良句「跡あらむたふれ臥《ふす》とも花野原」（『芭蕉翁略伝』）。再案は同「いづくにかたふれ伏共《ふすとも》萩の原」（『猿蓑』）。

(55)今日よりや書付《かきつけ》消さん笠の露＝一人になる今日からは、露を置く笠に「同行二人」とある書付も、消すことになるのだなあ、の意。『書留』に不掲載。初案は上五「さびしげに」（『芭蕉翁略伝』）。

(56)終宵《よもすがら》秋風聞《きく》やうらの山（曾良）＝寝つけぬままに一晩中、裏山に吹く秋風を聞いたことだ、の意。『書留』に掲載。『猿蓑』に曾良句として入集。

(57)庭掃《はき》て出《いで》ばや寺に散《ちる》柳＝境内に柳の葉が散る折しも、一宿の礼に庭を掃いて退出するとしよう、意。芭蕉生前の撰集等に未入集。

(58)物書《かき》て扇引《ひき》さく余波《なごり》哉＝記念の句を書いた扇を引き裂いて贈り、名残《なごり》を惜しむことだ、の意。初案は「もの書《かき》て扇子へぎ分《わく》る別《わかれ》哉」（北枝編『卯辰集』）。

㊾月清し遊行のもてる砂の上＝遊行上人が持ち運んだ砂の上を、月光が清らかに照らしている、の意。初案は「なみだしくや遊行のもてる砂の露」（真蹟短冊）で、「月清し遊行のもてる砂の露」（『其袋』）は再案か。『荊口句帳』『猿蓑』等に現行形で入集。中尾本は上五を「露清し」とした後、「月清し」に訂正。

㊿名月や北国日和《ほっこくびより》定《さだめ》なき＝中秋の名月に雨とは、北国の天気は実に変わりやすい、の意。『荊口句帳』『其袋』等に入集。

(61)寂しさや須磨にかちたる浜の秋＝何と寂しいことか。種《いろ》の浜の秋の情趣は須磨にも勝るものだ、の意。『俳諧四幅対』に入集。

(62)浪の間《ま》や小貝にまじる萩の塵＝波の引いた合間、浜には小貝にまじって萩の花屑が散り敷いている、の意。初案は「小萩ちれますほの小貝小盃《こさかずき》」（洞哉筆懐紙・『俳諧四幅対』等）。

(63)蛤《はまぐり》のふたみにわかれ行秋《ゆくあき》ぞ＝蛤が蓋と身に分けられるつらさ。私も同じ思いで皆と別れ、行く秋にも別れを告げ、二見に向かって旅立つことだ、の意。初案は中七「ふたみへ別《わかれ》」（杉風宛書簡等）。現行形（「ふたみに」）の真蹟懐紙等もある。

◆『奥の細道』本文

＊以下は、西村本（素龍清書本）による『奥の細道』の全文である。私に判断して段分けを行い、基本的には原文の通りに翻字して、句読点・濁点と漢字の読みを付した。「墜涙」→「堕涙」（百十四ページ下十一行目）、「所里」→「所置」（百十六ページ上九行目）、「[illegible]」→「獵」（百十六ページ上十一行目）、「有明」→「有間（＝有馬）」（百二十三ページ上十七行目）の四箇所以外は、誤字と見られる箇所もそのままとした。旧字・略字・異体字の類は、原則的に通行の字体に統一し、廿・卅も二十・三十に直した。読みがなに関しては、当時の節用集や諸文献、先行研究の成果を参照しつつ、音読に資するよう、現代かなづかいに直してできるだけ多く付した。ただし、頻出の也《なり》・侍《はべ》り・給《たま》ふ・哉《かな》などは、おおむね省略した。音か訓か、清音か濁音か、音便にすべきかどうかを含め、読みを確定しがたい箇所はなお多く、これも読み方の一例とご理解いただきたい。

月日《つきひ》は百代《はくたい》の過客《かかく》にして、行《ゆき》かふ年も又《また》旅人也《なり》。舟の上に生涯をうかべ、馬の口とらえて老《おい》をむかふる物は、日々《ひび》旅にして旅を栖《すみか》とす。古人も多く旅に死せるあり。予《よ》もいづれの年よりか、片雲《へんうん》の風にさそはれて、漂泊の思ひやまず、海浜《かいひん》にさすらへ、去年《こぞ》の秋、江上《こうしょう》の破屋《はおく》に蜘《くも》の古巣《ふるす》をはらひて、やゝ年も暮《くれ》、春立《たて》る霞の空に白《しら》川《かわ》の関《せき》こえんと、そゞろ神《がみ》の物につきて心をくるはせ、道祖神《どうそじん》のまねきにあひて取《とる》もの手につかず、もゝ引《ひき》の破《やぶれ》をつゞり、笠の緒付《おつけ》かえて、三里に灸《きゅう》すゆるより、松島《まつしま》の月先《まず》心にかゝりて、住《すめ》る方《かた》は人に譲り、杉風《さんぷう》が別《べつ》墅《しょ》に移るに、

草の戸も住替《すみかわ》る代《よ》ぞひなの家

面《おもて》八句《はちく》を庵《あん》の柱に懸置《かけおく》。

弥生《やよい》も末《すえ》の七日《なぬか》、明《あけ》ぼのゝ空朧々《ろうろう》として、月は在明《ありあけ》にて光おさまれる物から、不二《ふじ》の峰幽《かすか》にみえて、上野《うえの》・谷中《やなか》の花の梢《こずえ》、又いつかはと心ぼそし。むつましきかぎりは宵《よい》よりつどひて、舟に乗《のり》て送る。千じゆと云《いう》所にて

船をあがれば、前途《せんど》三千里のおもひ、胸にふさがりて、幻のちまたに離別の泪《なみだ》をそゝぐ。

　行春《ゆくはる》や鳥啼魚《なきうお》の目は泪

是《これ》を矢立《やたて》の初《はじめ》として、行《ゆく》道なをすゝまず。人々は途中《みちなか》に立《たち》ならびて、後《うしろ》かげのみゆる迄は見送《みおくる》なるべし。

　ことし元禄二《ふた》とせにや、奥羽《おうう》長途《ちょうど》の行脚《あんぎゃ》、只《ただ》かりそめに思ひたちて、呉天《ごてん》に白髪《はくはつ》の恨《うらみ》を重《かさ》ぬといへ共《ども》、耳にふれていまだめに見ぬさかひ、若生《もしいき》て帰らばと、定《さだめ》なき頼《たのみ》の末をかけ、其《その》日、漸《ようよう》早加《そうか》と云宿《いうしゅく》にたどり着《つき》にけり。痩骨《そうこつ》の肩にかゝれる物、先《まず》くるしむ。只身《ただみ》すがらにと出《いで》立侍《たちはべる》を、紙子《かみこ》一衣《いちえ》は夜《よる》の防ぎ、ゆかた・雨具《あまぐ》・墨・筆のたぐひ、あるはさりがたき餞《はなむけ》などしたるは、さすがに打捨《うちすて》がたくて、路次《ろし》の煩《わずらい》となれるこそわりなけれ。

　室《むろ》の八島《やしま》に詣《けい》す。同行曾良《どうぎょうそら》が曰《いわく》、「此《この》神は木《こ》の花《はな》さくや姫《びめ》の神と申《もうし》て、富士一体《いったい》也。無戸室《うつむろ》に入《いり》て焼給《やきたま》ふちかひのみ中《なか》に、火々出見《ほほでみ》のみこと生《うま》れ給ひしより、室の八島と申《もうす》。又《また》煙を読習《よみならわ》し侍《はべる》もこの謂《いわれ》也。将《はた》このしろといふ魚《うお》を禁ず」。縁記の旨《むね》、世に伝ふ事も侍《はべり》し。

　三十日《みそか》、日光山の梺《ふもと》に泊る。あるじの云《いい》けるやう、「我《わが》名を仏五左衛門《ほとけござえもん》と云《いう》。万《よろず》正直を旨《むね》とする故《ゆえ》に、人かくは申侍《もうしはべる》まゝ、一夜《いちや》の草の枕も打解《うちとけ》て休み給へ」と云《いう》。いかなる仏の濁世塵土《じょくせじんど》に示現《じげん》して、かゝる桑門《そうもん》の乞食《こつじき》順礼ごときの人をたすけ給ふにやと、あるじのなす事に心をとゞめてみるに、唯無智無分別《ただむちむふんべつ》にして正直偏固《へんこ》の者也。剛毅木訥《ごうきぼくとつ》の仁《じん》に近きたぐひ、気稟《きひん》の清質《せいしつ》、尤《もっとも》尊ぶべし。

　卯月朔日《うづきついたち》、御山《おやま》に詣拝《けいはい》す。往昔此《そのかみこの》御山を二荒山《にこうさん》と書《かき》しを、空海大師《くうかいだいし》開基《かいき》の時、日光と改《あらため》給ふ。千歳《せんざい》未来をさとり給ふにや、今此御光《このみひかり》一天にかゝやきて、恩沢《おんたく》八荒《はっこう》にあふれ、四民安堵《しみんあんど》の栖《すみか》穏《おだやか》なり。猶《なお》憚《はばかり》多くて筆をさし置《おき》ぬ。

　　あらたうと青葉若葉《あおばわかば》の日の光

黒髪山《くろかみやま》は霞かゝりて、雪いまだ白し。

　剃捨《そりすて》て黒髪山に衣更《ころもがえ》　　曾良

曾良は河合氏《かわいうじ》にして、惣五郎《そうごろう》と云へり。芭蕉の下葉《したば》に軒《のき》をならべて、予が薪水《しんすい》の労《ろう》をたすく。このたび松しま・

象潟《きさがた》の眺《ながめ》、共にせん事を悦《よろこ》び、且《かつ》は羈旅《きりよ》の難をいたはらんと、旅立《たびだつ》暁《あかつき》、髪を剃《そり》て墨染《すみぞめ》にさまをかえ、惣五を改《あらため》て宗悟《そうご》とす。仍《よつ》て墨髪山の句有《あり》。衣更の二字、力ありてきこゆ。

二十余丁《にじゆうよちよう》山を登つて滝有《たきあり》。岩洞《がんとう》の頂《いただき》より飛流《ひりゆう》して百尺《はくせき》、千岩《せんがん》の碧潭《へきたん》に落《おち》たり。岩窟《がんくつ》に身をひそめ入《いり》て滝の裏よりみれば、うらみの滝と申《もうし》伝え侍《はべ》る也。

暫時《しばらく》は瀧に籠《こも》るや夏《げ》の初《はじめ》

那須《なす》の黒ばねと云《いう》所に知人《しるひと》あれば、是《これ》より野越《のごえ》にかゝりて直道《すぐみち》をゆかんとす。遥《はるか》に一村《いつそん》を見かけて行《ゆく》に、雨降《ふり》日暮《くる》る。農夫の家に一夜《いちや》をかりて、明《あく》れば又野中《のなか》を行《ゆく》。そこに野飼《のがい》の馬あり。草刈《くさかる》おのこになげきよれば、野夫《やふ》といへどもさすがに情《なさけ》しらぬには非《あら》ず。「いかゞすべきや。されども此《この》野は縦横《じゆうおう》にわかれて、うゐ〳〵敷《しき》旅人の道ふみたがえん。あやしう侍《はべり》れば、此《この》馬のとゞまる所にて馬を返し給へ」とかし侍《はべり》ぬ。ちいさき者ふたり、馬の跡《あと》したひてはしる。独《ひとり》は小姫《こひめ》にて名をかさねと云《いう》。聞《きき》なれぬ名のやさしかりければ、

かさねとは八重撫子《やえなでしこ》の名成《なる》べし　曾良

頓《やが》て人里《ひとざと》に至れば、あたひを鞍《くら》つぼに結付《むすびつけ》て馬を返しぬ。黒羽《くろばね》の館代《かんだい》、浄坊寺《じようぼうじ》何がしの方に音信《おとず》る。思ひがけぬあるじの悦《よろこ》び、日夜《にちや》語《かたり》つゞけて、其《その》弟桃翠《とうすい》など云《いう》が朝夕勤《ちようせきつとめ》とぶらひ、自《みずから》の家にも伴《ともな》ひて、親属《しんぞく》の方《かた》にもまねかれ、日をふるまゝに、ひとひ郊外に逍遥《しようよう》して、犬追物《いぬおうもの》の跡を一見し、那須の篠原《しのはら》をわけて玉藻《たまも》の前の古墳をとふ。それより八幡宮に詣《もうず》。与市《よいち》扇の的《まと》を射《い》し時、「別《べつ》しては我国氏神正八まん《わがくにのうじがみしようはちまん》」とちかひしも、此《この》神社にて侍《はべる》と聞《きけ》ば、感応殊《かんのうことに》しきりに覚えらる。暮《くる》れば桃翠宅に帰る。

修験光明寺《しゆげんこうみようじ》と云有《いうあり》。そこにまねかれて行者堂《ぎようじやどう》を拝《はい》す。

夏山《なつやま》に足駄《あしだ》を拝む首途《かどで》哉《かな》

当国雲岸寺《とうごくうんがんじ》のおくに仏頂和尚山居跡《ぶつちようおしようさんきよのあと》あり。

「竪横《たてよこ》の五尺《ごしやく》にたらぬ草の庵《いお》
むすぶもくやし雨なかりせば

と、松の炭して岩に書付《かきつけ》侍り」と、いつぞや聞《きこ》え給ふ。其《その》跡みんと雲岸寺に杖《つえ》を曳《ひけ》ば、人々すゝんで共にいざな

ひ、若き人おほく道のほど打《うち》さはぎて、おぼえず彼梺《かのふもと》に到る。山はおくあるけしきにて、谷道遥《たにみちはるか》に松杉《まつすぎ》黒く苔《こけ》したゞりて、卯月《うづき》の天今猶《てんいまなお》寒し。十景尽《じっけいつく》る所、橋をわたつて山門《さんもん》に入《いる》。

さて、かの跡はいづくのほどにやと、後《うしろ》の山によぢのぼれば、石上《せきしょう》の小庵《しょうあん》、岩窟にむすびかけたり。妙禅師《みょうぜんじ》の死関《しかん》、法雲法師《ほううんほうし》の石室《せきしつ》をみるがごとし。

木啄《きつつき》も庵《いお》はやぶらす夏木立《なつこだち》

と、とりあへぬ一句を柱に残侍《のこしはべり》し。

是《これ》より殺生石《せっしょうせき》に行《ゆく》。館代《かんだい》より馬にて送らる。此口付《このくちつき》のおのこ、「短冊《たんじゃく》得《え》させよ」と乞《こう》。やさしき事を望《のぞみ》侍るものかなと、

野を横に馬牽《ひき》むけよほとゝぎす

殺生石は温泉《いでゆ》の出《いず》る山陰《やまかげ》にあり。石の毒気《どくき》いまだほろびず、蜂・蝶のたぐひ、真砂《まさご》の色の見えぬほどかさなり死す。

又、清水《しみず》ながるゝの柳は蘆野《あしの》の里にありて、田の畔《くろ》に残る。此所《この》の郡守《ぐんしゅ》戸部《こほう》某《なにがし》の、「此《この》柳みせばや」など折々《おりおり》に給《たま》ひ聞《きこ》え給ふを、いづくのほどにやと思ひしを、今日此《この》柳のかげにこそ立《たち》より侍《はべり》つれ。

田《た》一枚植《うえ》て立《たち》去る柳かな

心許《こころもと》なき日かず重《かさな》るまゝに、白川の関にかゝりて旅《たび》心定《こころさだま》りぬ。「いかで都へ」と便求《たよりもとめ》しも断《ことわり》也。中にも此関《このせき》は三関《さんかん》の一《いつ》にして、風騒《ふうそう》の人《ひと》心をとゞむ。秋風《あきかぜ》を耳に残し、紅葉《もみじ》を俤《おもかげ》にして、青葉の梢猶《こずえなお》あはれ也。卯《う》の花の白妙《しろたえ》に、茨《いばら》の花の咲《さき》そひて、雪にもこゆる心地《ここち》ぞする。古人冠《かんむり》を正し衣装《いしょう》を改《あらため》し事など、清輔《きよすけ》の筆にもとゞめ置《おか》れしとぞ。

卯の花をかざしに関の晴着《はれぎ》かな　曾良

とかくして越行《こえゆく》まゝに、あぶくま川を渡る。左に会津《あいづ》根《ね》高く、右に岩城《いわき》・相馬《そうま》・三春《みはる》の庄《しょう》、常陸《ひたち》・下野《しもつけ》の地をさかひて山つらなる。かげ沼と云《いう》所を行《ゆく》に、今日は空曇《くもり》て物影《ものかげ》うつらず。

すか川の駅に等窮《とうきゅう》といふものを尋《たずね》て、四・五日とゞめらる。先《まず》、「白河の関いかにこえつるや」と問《とう》。「長《ちょう》途《ど》のくるしみ、身心《しんじん》つかれ、且《かつ》は風景に魂《たましい》うばゝれ、

懐旧《かいきゆう》に腸《はらわた》を断《たち》て、はかゞしう思ひめぐらさず。

　風流の初《はじめ》やおくの田植うた

無下《むげ》にこえんもさすがに」と語れば、脇《わき》・第三《だいさん》とつゞけて、三巻《みまき》となしぬ。

此宿《このしゆく》の傍《かたわら》に、大きなる栗の木陰《こかげ》をたのみて、世をいとふ僧有《あり》。橡《とち》ひろふ太山《みやま》もかくやと閒《しずか》に覚《おぼえ》られて、ものに書付《かきつけ》侍る。其詞《そのことば》、

　栗といふ文字は西の木と書《かき》て、西方浄土《さいほうじようど》に便《たより》ありと、行基《ぎようき》菩薩の一生杖《つえ》にも柱にも、此《この》木を用《もちい》給ふとかや

　世の人の見付《みつけ》ぬ花や軒《のき》の栗

　等窮が宅を出《いで》て五里計《ばかり》、檜皮《ひわだ》の宿《しゆく》を離れてあさか山有《あり》。路《みち》より近し。此《この》あたり沼《ぬま》多し。かつみ刈比《かるころ》もやゝ近うなれば、「いづれの草を花かつみとは云《いう》ぞ」と人々に尋《たずね》侍れども、更知人《さらにしるひと》なし。沼を尋、人にとひ、「かつみ〳〵」と尋ありきて、日は山の端《は》にかゝりぬ。二本松より右にきれて、黒塚《くろづか》の岩屋《いわや》一見《いつけん》し、福島に宿る。

　あくれば、しのぶもぢ摺《ずり》の石を尋て、忍ぶのさとに行《ゆく》。遥山陰《はるかやまかげ》の小里《こざと》に、石半《なかば》土に埋《うずもれ》てあり。里の童部《わらべ》の来《きた》りて教《おしえ》ける、「昔は此《この》山の上に侍《はべり》しを、往来《ゆきき》の人の麦草《むぎくさ》をあらして、此《この》石を試《こころみ》侍《はべる》をにくみて、此《この》谷につき落《おと》せば、石の面《おもて》下ざまにふしたり」と云《いう》。さもあるべき事にや。

　早苗《さなえ》とる手もとや昔しのぶ摺《ずり》

月《つき》の輪《わ》のわたしを越《こえ》て、瀬《せ》の上《うえ》と云宿《いうしゆく》に出づ。佐藤庄司《しようじ》が旧跡《きゆうせき》は、左の山際《やまぎわ》一里半計《ばかり》に有《あり》。飯塚の里鯖野《さばの》と聞《きき》て、尋々行《たずねたずねゆく》に、丸山と云《いう》に尋《たずね》あたる。是《これ》庄司が旧《きゆう》館《かん》也。梺《ふもと》に大手《おおて》の跡など、人の教《おし》ゆるにまかせて泪《なみだ》を落《おと》し、又かたはらの古寺《ふるでら》に一家《いつけ》の石碑《せきひ》を残す。中にも二人の嫁がしるし、先哀《まずあわれ》也。女なれどもかひゞしき名の世に聞《きこ》えつる物かなと、袂《たもと》をぬらしぬ。堕涙《だるい》の石碑も遠きにあらず。寺に入《いり》て茶を乞《こ》へば、爰《ここ》に義経の太刀《たち》、弁慶が笈《おい》をとゞめて什物《じゆうもつ》とす。

　笈も太刀も五月《さつき》にかざれ紙幟《かみのぼり》

五月朔日《さつきついたち》の事也。

其夜飯塚《そのよいいづか》にとまる。温泉《いでゆ》あれば湯に入《いり》て宿をかるに、

土坐《どざ》に莚《むしろ》を敷《しき》てあやしき貧家《ひんか》也。灯《ともしび》もなければ、ゐろりの火《ほ》かげに寐所《ねどころ》をまうけて臥《ふ》す。夜に入《いり》て雷鳴《かみなり》、雨しきりに降《ふり》て、臥《ふせ》る上よりもり、蚤《のみ》・蚊《か》にせゝられて眠らず。持病さへおこりて消入《きえいる》計《ばかり》になん。短夜《みじかよ》の空もやう〳〵明れば、又旅立《たびだち》ぬ。猶夜《なおよる》の余波《なごり》、心すゝまず。馬かりて桑折《こおり》の駅に出《いず》る。遥《はるか》なる行末《ゆくすえ》をかゝえて、斯《かか》る病《やまい》覚束《おぼつか》なしといへど、羇旅辺土《きりよへんど》の行脚、捨身無常《しやしんむじよう》の観念、道路にしなん、是《これ》天の命《めい》なりと、気力聊《いささか》とり直し、路縦横《みちじゆうおう》に踏《ふん》で、伊達《だて》の大木戸《おおきど》をこす。

鐙摺《あぶみずり》・白石《しろいし》の城《じよう》を過《すぎ》、笠島《かさしま》の郡《こおり》に入れば、「藤中《とうのちゆう》将実方《じようさねかた》の塚はいづくのほどならん」と人にとへば、「是《これ》より遥《はるか》右に見ゆる山際《やまぎわ》の里をみのわ・笠島と云《いう》。道祖《どうそ》神《じん》の社《やしろ》、かた見の薄《すすき》、今にあり」と教《おし》ゆ。此比《このごろ》の五月雨《さみだれ》に道いとあしく、身《み》つかれ侍れば、よそながら眺《ながめ》やりて過《すぐ》るに、簑輪《みのわ》・笠島も五月雨の折《おり》にふれたりと、

笠島はいづこさ月《つき》のぬかり道

岩沼《いわぬま》に宿る。

武隈《たけくま》の松にこそ、め覚《さむ》る心地はすれ。根は土際《つちぎわ》より二《ふた》木《き》にわかれて、昔の姿うしなはずとしらる。先能因《まずのういん》法師思ひ出《いず》。往昔《そのかみ》むつのかみにて下《くだ》りし人、此《この》木を伐《きり》て名取《なとり》川《がわ》の橋杭《はしぐい》にせられたる事などあればにや、「松は此《この》たび跡《あと》もなし」とは詠《よみ》たり。代々《よよ》あるは伐《きり》、あるひは植継《うえつぎ》などせしと聞《きく》に、今将千歳《いまはたせんざい》のかたちとゝのほひて、めでたき松のけしきになん侍《はべり》し。

「武隈の松みせ申せ遅桜《おそざくら》」と、挙白《きよはく》と云《いう》もの、餞《せん》別《べつ》したりければ、

桜より松は二木《ふたき》を三月越《みつきご》シ

名取川《なとりがわ》を渡《わたつ》て仙台《せんだい》に入《いる》。あやめふく日《ひ》也。旅宿《りよしゆく》をもとめて四・五日逗留《とうりゆう》す。爰《ここ》に画工《がこう》加右衛門《かえもん》と云《いう》ものあり。聊《いささか》心ある者と聞《きき》て知る人になる。この者、「年比《としごろ》さだかならぬ名どころを考置《かんがえおき》侍れば」とて、一日《ひとひ》案内す。宮城野《みやぎの》の萩《はぎ》茂りあひて、秋の気色《けしき》思ひやらるゝ。玉田《たまだ》・よこ野、つゝじが岡はあせび咲《さく》ころ也。日影ももらぬ松の林に入《いり》て、爰《ここ》を木《き》の下《した》と云《いう》とぞ。昔もかく露ふかければこそ、「みさぶらひみかさ」とはよみたれ。薬師堂《やくしどう》・天神《てんじん》の御社《みやしろ》など拝《おがみ》て、其《その》日はくれぬ。猶《なお》、松島・塩が

まの所々画《ところどころえ》に書《かき》て送る。且《かつ》、紺の染緒《そめお》つけたる草鞋《わらじ》二足餞《そくはなむけ》す。さればこそ風流のしれもの、爰《ここ》に至りて其実《そのじつ》を顕《あらわ》す。

あやめ草《ぐさ》足に結《むすば》ん草鞋の緒《お》

かの画図《えず》にまかせてたどり行《ゆけ》ば、おくの細道《ほそみち》の山際に十符《とふ》の菅有《すげあり》。今も年々《としどし》十符の菅菰《すがごも》を調《ととのえ》て、国守《こくしゅ》に献ずと云《いえ》り。

壺碑《つぼのいしぶみ》　市川村多賀城《たがのじょう》に有《あり》

つぼの石ぶみは、高サ六尺余《ろくしゃくあまり》、横三尺計《さんじゃくばかり》歟《か》。苔《こけ》を穿《うがち》て文字幽《かすか》也。四維国界之《しゆいこくかいの》数里をしるす。「此城《このじょう》、神《じん》亀《き》元年、按察使《あぜち》鎮守府《ちんじゅふ》将軍大野朝臣《あそん》東人《あずまびと》之《の》所置《おくところなり》也。天《てん》平宝字《びょうほうじ》六年、参議東海東山節度使《とうかいとうざんせつどし》、同《おなじく》将軍恵美《えみ》朝臣獦修造《あさかりしゅぞう》而、十二月朔日《ついたち》」と有《あり》。聖武《しょうむ》皇帝の御時《おおんとき》に当《あた》れり。むかしよりよみ置《おけ》る歌枕《うたまくら》、おほく語伝《かたりつた》ふといへども、山崩《くずれ》川流《ながれ》て道あらたまり、石は埋《うずもれ》て土にかくれ、木は老《おい》て若木《わかき》にかはれば、時《とき》移り代《よ》変じて、其跡《そのあと》たしかならぬ事のみを、爰《ここ》に至りて疑《うたがい》なき千歳《せんざい》の記念《かたみ》、今《いま》眼前に古人の心を閲《けみ》す。行脚《あんぎゃ》の一徳、存命の悦《よろこ》び、羇旅《きりょ》の労をわすれて、泪《なみだ》も落《おつ》るばかり也。

それより野田《のだ》の玉川《たまがわ》・沖《おき》の石《いし》を尋ぬ。末《すえ》の松山《まつやま》は寺を造《つくり》て末松山《まつしょうざん》といふ。松のあひ〳〵皆墓《みなはか》はらにて、はねをかはし枝をつらぬる契《ちぎり》の末も、終《ついに》はかくのごときと、悲しさも増《まさ》りて、塩《しお》がまの浦に入相《いりあい》のかねを聞《きく》。五月雨《さみだれ》の空聊《いささか》はれて、夕月夜《ゆうづくよ》幽《かすか》に、籬《まがき》が島《しま》もほど近し。蜑《あま》の小舟《おぶね》こぎつれて、肴《さかな》わかつ声々に、「つなでかなしも」とよみけん心もしられて、いとゞ哀《あわれ》也。其《その》夜、目盲《めくら》法師の琵琶《びわ》をならして、奥上《おくじょう》るりと云《いう》ものをかたる。平家にもあらず舞《まい》にもあらず、ひなびたる調子うち上《あげ》て、枕ちかうかしましけれど、さすがに辺土《へんど》の遺風《いふう》忘れざるものから、殊勝《しゅしょう》に覚《おぼえ》らる。

早朝、塩がまの明神《みょうじん》に詣《もうず》。国守再興《こくしゅさいこう》せられて、宮柱《みやばしら》ふとしく、彩椽《さいてん》きらびやかに、石の階《きざはし》九仭《きゅうじん》に重《かさな》り、朝日あけの玉がきをかゝやかす。かゝる道の果《はて》、塵土《じんど》の境《さかい》まで、神霊《しんれい》あらたにましますこそ、吾国《わがくに》の風俗なれと、いと貴《とうと》けれ。神前に古き宝灯有《あり》。かねの戸びらの面《おもて》に「文治《ぶんち》三年和泉《いずみの》三郎奇進」と有《あり》。五百年来の俤《おもかげ》、今《いま》目の前にうかびて、そゞろに珍し。渠《かれ》は勇義忠孝《ゆうぎちゆうこう》の士《し》也。佳命《かめい》今に至りて、したはずといふ事なし。誠《まことに》、「人能《よく》道を勤《つとめ》、義を守《まもる》べし。名もまた是《これ》にしたがふ」と云《いえ》り。

日既午《すでにご》にちかし。船をかりて松島にわたる。其間《そのかん》二里余《よ》、雄島《おじま》の磯《いそ》につく。

抑《そもそも》ことふりにたれど、松島は扶桑《ふそう》第一の好風《こうふう》にして、凡《およそ》洞庭《どうてい》・西湖《せいこ》を恥《はじ》ず。東南より海を入《いれ》て、江の中《うち》三里、浙江《せつこう》の潮《うしお》をたゝふ。島々の数を尽《つく》して、欹《そばだつ》ものは天を指《ゆびさし》、ふすものは波に匍匐《はらばう》。あるは二重《ふたえ》にかさなり三重《みえ》に畳《たた》みて、左にわかれ右につらなる。負《おえ》るあり抱《いだけ》るあり、児孫《じそん》愛すがごとし。松の緑こまやかに、枝葉《しよう》汐風《しおかぜ》に吹《ふき》たはめて、屈曲《くつきよく》をのづからためたるがごとし。其気色《そのけしき》窅《よう》然《ぜん》として、美人の顔《かんばせ》を粧《よそお》ふ。ちはや振《ふる》神のむかし、大《おお》山《やま》ずみのなせるわざにや。造化《ぞうか》の天工《てんこう》、いづれの人か筆をふるひ詞《ことば》を尽《つく》さむ。

雄島が磯は地《ち》つゞきて海に出《いで》たる島《しま》也。雲居禅師《うんごぜんじ》の別室の跡、坐禅石《ざぜんせき》など有《あり》。将《はた》、松の木陰に世をいとふ人も稀々《まれまれ》見え侍りて、落穂《おちぼ》・松笠《まつかさ》など打《うち》けぶりたる草の庵《いおり》、閑《しずか》に住《すみ》なし、いかなる人とはしられずながら、先《まず》なつかしく立寄《たちよる》ほどに、月《つき》海にうつりて、昼のながめ又あらたむ。

江上《こうしよう》に帰りて宿を求《もとむ》れば、窓をひらき二階を作《つくり》て、風雲《ふううん》の中に旅寐《たびね》するこそ、あやしきまで妙《たえ》なる心地はせらるれ。

松島や鶴に身《み》をかれほとゝぎす　曾良

予《よ》は口をとぢて、眠らんとしていねられず。旧庵をわかるゝ時、素堂《そどう》、松島の詩あり。原安適《はらあんてき》、松がうらしまの和歌を贈らる。袋を解《とき》てこよひの友とす。且《かつ》、杉風《さんぷう》・濁子《じよくし》が発句あり。

十一日、瑞岩寺《ずいがんじ》に詣《もうず》。当寺《とうじ》三十二世の昔、真壁《まかべ》の平四《へいし》郎《ろう》出家して、入唐帰朝《につとうきちよう》の後開山《のちかいざん》す。其後《そののち》に雲居禅師の徳化《とくげ》に依《より》て、七堂甍《いらか》改《あらたま》りて、金壁荘厳《こんぺきしようごん》光を輝《かかやかし》、仏《ぶつ》土成就《どじようじゆ》の大伽藍《だいがらん》とはなれりける。彼見仏聖《かのけんぶつひじり》の寺はいづくにやとしたはる。

十二日、平和泉《ひらいずみ》と心ざし、あねはの松・緒《お》だえの橋など聞伝《ききつたえ》て、人跡稀《じんせきまれ》に、雉兎蒭蕘《ちとすうじよう》の往《ゆき》かふ道、そこともわかず、終《つい》に路《みち》ふみたがえて、石《いし》の巻《まき》といふ湊《みなと》に出《いず》。「こがね花咲《はなさく》」とよみて奉《たてまつり》たる金花山《きんかざん》、海上《かいしょう》に見わたし、数百《すひゃく》の廻船入江《かいせんいりえ》につどひ、人家《じんか》地をあらそひて、竈《かまど》の煙立《たち》つゞけたり。思ひがけず斯《かか》る所にも来《きた》れる哉《かな》と、宿《やど》からんとすれど、更《さら》に宿かす人なし。漸《ようよう》まどしき小家《こいえ》に一夜《いちや》をあかして、明《あく》れば又しらぬ道まよひ行《ゆく》。袖《そで》のわたり・尾《お》ぶちの牧《まき》・まの、萱《かや》はらなどよそめにみて、遥《はるか》なる堤《つつみ》を行《ゆく》。心細き長沼《ながぬま》にそふて、戸伊摩《といま》と云《いう》所に一宿《いっしゅく》して、平泉に到る。其間《そのかん》二十余里ほど、おぼゆ。

三代の栄耀一睡《えいよういっすい》の中《うち》にして、大門《だいもん》の跡は一里こなたに有《あり》。秀衡《ひでひら》が跡は田野《でんや》に成《なり》て、金鶏山《きんけいざん》のみ形を残す。先高《まずたか》館《だち》にのぼれば、北上川《きたかみがわ》南部より流るゝ大河也《たいが》。衣川《ころもがわ》は和泉《いずみ》が城《じょう》をめぐりて、高館の下《もと》にて大河に落入《おちいる》。康衡《やすひら》等が旧跡は、衣《ころも》が関を隔《へだて》て南部口《なんぶぐち》をさし堅め、夷《えぞ》をふせぐとみえたり。偖《さて》も義臣《ぎしん》すぐつて此城《このしろ》にこもり、功名一時《こうめいいちじ》の叢《くさむら》となる。「国《くに》破れて山河《さんが》あり、城《しろ》春にして草《くさ》青みたり」と、笠打敷《うちしき》て、時のうつるまで泪《なみだ》を落《おと》し侍りぬ。

夏草や兵《つわもの》どもが夢の跡

卯《う》の花に兼房《かねふさ》みゆる白毛《しらが》かな　曾良

兼《かね》て耳驚《みみおどろか》したる二堂《にどう》開帳す。経堂《きょうどう》は三将の像をのこし、光堂《ひかりどう》は三代の棺《ひつぎ》を納め、三尊《さんぞん》の仏《ほとけ》を安置《あんち》す。七宝《しっぽう》散《ち》うせて、珠《たま》の扉《とびら》風にやぶれ、金《こがね》の柱霜雪《そうせつ》に朽《くち》て、既《すでに》頽廃《たいはい》空虚の叢《くさむら》と成《なる》べきを、四面新《しめんあらた》に囲《かこみ》て、甍《いらか》を覆《おおい》て風《ふう》雨《う》を凌《しのぎ》、暫時《しばらく》千歳の記念《かたみ》とはなれり。

五月雨《さみだれ》の降《ふり》のこしてや光堂

南部道遥《なんぶみちはるか》にみやりて、岩手《いわで》の里《さと》に泊る。小黒崎《おぐろさき》・みづの小島《こじま》を過《すぎ》て、なるごの湯より尿前《しとまえ》の関《せき》にかゝりて、出羽《でわ》の国に越《こえ》んとす。此路《このみち》旅人稀《まれ》なる所なれば、関守《せきもり》にあやしめられて、漸《ようよう》として関をこす。大山《たいざん》をのぼつて日既暮《すでにくれ》ければ、封人《ほうじん》の家を見かけて舎《やどり》を求む。三日風《ふう》雨《う》あれて、よしなき山中《さんちゅう》に逗留《とうりゅう》す。

蚤虱《のみしらみ》馬の尿《ばり》する枕もと

あるじの云《いう》、是《これ》より出羽の国に大山《たいざん》を隔《へだて》て、道さだかならざれば、道しるべの人を頼《たのみ》て越《こゆ》べきよしを申《もうす》。「さらば」と云《いい》て人を頼《たのみ》侍れば、究竟《くっきょう》の若者、反脇指《そりわきざし》をよこたえ、樫《かし》の杖を携《たずさえ》て、我々《われわれ》が先に立《たち》て行《ゆく》。けふこそ必《かならず》あやうきめにもあふべき日なれと、辛《から》き思ひをなして後《あと》について行《ゆく》。あるじの云《いう》にたがはず、高山森々《こうざんしんしん》として一鳥《いっちょう》声きかず、木《こ》の下闇《したやみ》茂りあひて、夜《よ》る行《ゆく》がごとし。雲端《うんたん》につちふる心地して、篠《しの》の中踏分《ふみわけ》〲、水をわたり、岩に蹶《つまずい》て、肌《はだえ》につめたき汗を流して、最上《もがみ》の庄《しょう》に出《い》づ。かの案内《あない》せしおのこの云《いう》やう、「此《この》みち必《かならず》不用の事有《あり》。恙《つつが》なうをくりまいらせて仕合《しあわせ》したり」と、よろこびてわかれぬ。跡《あと》に聞《きき》てさへ胸とゞろくのみ也。

尾花沢《おばねざわ》にて清風《せいふう》と云《いう》者を尋ぬ。かれは富《とめ》るものなれども、志《こころざし》いやしからず。都にも折々《おりおり》かよひて、さすがに旅の情《なさけ》をも知《しり》たれば、日比《ひごろ》とゞめて、長途《ちょうど》のいたはり、さま〲にもてなし侍る。

涼しさを我宿《わがやど》にしてねまる也

這出《はいいで》よかひやが下《した》のひきの声

まゆはきを俤《おもかげ》にして紅粉《べに》の花

蚕飼《こがい》する人は古代《こだい》のすがた哉　曾良

山形領に立石寺《りゅうしゃくじ》と云山寺《いうやまでら》あり。慈覚大師《じかくだいし》の開基《かいき》にして、殊清閑《ことにせいかん》の地《ち》也。一見《いっけん》すべきよし、人々のすゝむるに依《より》て、尾花沢よりとつて返し、其間《そのかん》七里ばかり也。日いまだ暮《くれ》ず。梺《ふもと》の坊に宿《やど》かり置《おき》て、山上《さんじょう》の堂にのぼる。岩に巌《いわお》を重《かさね》て山とし、松柏年旧《しょうはくとしふり》、土石老《どせきおい》て苔滑《こけなめらか》に、岩上《しょう》の院々、扉《とびら》を閉《とじ》て物の音《おと》きこえず。岸をめぐり岩を這《はい》て、仏閣を拝《はい》し、佳景寂寞《かけいじゃくまく》として心すみ行《ゆく》のみおぼゆ。

閑《しずか》さや岩にしみ入《いる》蝉の声

最上川《もがみがわ》のらんと、大石田《おおいしだ》と云《いう》所に日和《ひより》を待《まつ》。爰《ここ》に古き誹諧《はいかい》の種こぼれて、忘れぬ花のむかしをしたひ、蘆角一声《ろかくいっせい》の心をやはらげ、此《この》道にさぐりあしゝて、新古ふた道にふみまよふといへども、みちしるべする人しなければと、わりなき一巻《ひとまき》残しぬ。このたびの風流爰《ここ》に至れり。

最上川はみちのくより出《いで》て、山形を水上《みなかみ》とす。ごてん・はやぶさなど云《いう》おそろしき難所有《なんじょあり》。板敷山《いたじきやま》の北を流《ながれ》て、果《はて》は酒田《さかた》の海に入《いる》。左右山覆《やまおお》ひ、茂みの中に船を下《くだ》す。是《これ》に稲つみたるをや、いな船《ぶね》といふならし。白糸《しらいと》の滝は青葉の隙々《ひまひま》に落《おち》て、仙人堂《せんにんどう》岸に臨《のぞみ》て立《たつ》。水みなぎつて舟あやうし。

五月雨《さみだれ》をあつめて早し最上川

六月三日、羽黒山《はぐろさん》に登る。図司左吉《ずしさきち》と云《いう》者を尋《たずね》て、別《べつ》当代会覚阿闍利《とうだいえがくあじゃり》に謁《えつ》す。南谷《みなみだに》の別院《べついん》に舎《やどり》して、憐愍《れんみん》の情《じょう》こまやかにあるじせらる。

四日、本坊《ほんぼう》にをゐて誹諧興行《はいかいこうぎょう》。

有難《ありがた》や雪をかほらす南谷

五日、権現《ごんげん》に詣《もうず》。当山開闢《かいびゃく》能除大師《のうじょだいし》は、いづれの代《よ》の人と云《いう》事をしらず。延喜式《えんぎしき》に「羽州里山《うしゅうさとやま》の神社」と有《あり》。書写、黒の字を里山となせるにや。羽州黒山《くろやま》を中略して羽黒山と云《いう》にや。出羽といへるは、「鳥の毛羽《もうう》を此《この》国の貢《みつぎもの》に献《たてまつ》る」と風土記《ふどき》に侍《はべる》とやらん。月山《がっさん》・湯殿《ゆどの》を合《あわせ》て三山《さんざん》とす。当寺武江東叡《ぶこうとうえい》に属《しょく》して、天台止観《てんだいしかん》の月明《あき》らかに、円頓融通《えんどんゆずう》の法《のり》の灯《ともしび》かゝげそひて、僧坊棟《そうぼうむね》をならべ、修験行法《しゅげんぎょうほう》を励《はげま》し、霊山霊地《れいざんれいち》の験効《げんこう》、人貴且《とうとびかつ》恐る。繁栄長《とこしなえ》にして、めで度御山《たきおやま》と謂《いい》つべし。

八日、月山にのぼる。木綿《ゆう》しめ身に引《ひき》かけ、宝冠《ほうかん》に頭《かしら》を包《つつみ》、強力《ごうりき》と云《いう》ものに道《みち》びかれて、雲霧山気《うんむさんき》の中に氷《ひょう》雪《せつ》を踏《ふん》でのぼる事《こと》八里、更《さら》に日月行道《じつげつぎょうどう》の雲関《うんかん》に入《いる》かとあやしまれ、息絶《たえ》身こゞえて、頂上に臻《いた》れば、日没《ぼっし》て月顕《あらわ》る。笹を鋪《しき》、篠《しの》を枕として、臥《ふし》て明《あく》るを待《まつ》。日出《いで》て雲消《きゆ》れば、湯殿に下《くだ》る。

谷の傍《かたわら》に鍛冶小屋《かじごや》と云有《いうあり》。此《この》国の鍛冶、霊水《れいすい》を撰《えらび》て、爰《ここ》に潔斎《けっさい》して剣《つるぎ》を打《うち》、終《ついに》月山と銘《めい》を切《きっ》て世に賞せらる。彼《かの》龍泉《りょうせん》に剣を淬《にらぐ》とかや、干将《かんしょう》・莫耶《ばくや》のむかしをしたふ、道に堪能《かんのう》の執《しゅう》あさからぬ事しられたり。岩に腰かけてしばしやすらふほど、三尺《さんじゃく》ばかりなる桜のつぼみ半《なか》ばひらけるあり。ふり積《つむ》雪の下に埋《うずもれ》て、春を忘れぬ遅ざくらの花の心わりなし。炎天《えんてん》の梅花《ばいか》爰《ここ》にかほるがごとし。行尊僧正《ぎょうそんそうじょう》の歌の哀《あわれ》も爰《ここ》に思ひ出《いで》て、猶《なお》まさりて覚《おぼ》ゆ。惣而此山中《そうじてこのさんちゅう》の微細《みさい》、行者《ぎょうじゃ》の法式として他言《たごん》する事を禁ず。仍《よっ》て筆をとゞめて記さず。

坊に帰れば、阿闍利《あじゃり》の需《もとめ》に依《より》て、三山順礼の句々《くく》短冊に書《かく》。

涼しさやほの三《み》か月の羽黒山

雲の峰幾《いく》つ崩《くずれ》て月の山

語られぬ湯殿にぬらす袂《たもと》かな

湯殿山《ゆどのさん》銭ふむ道の泪《なみだ》かな　曾良

羽黒を立《たち》て鶴《つる》が岡《おか》の城下、長山氏重行《ながやまうじしげゆき》と云物《いうもの》のふの家にむかへられて、誹諧一巻有《はいかいひとまきあり》。左吉《さきち》も共に送りぬ。川舟《かわぶね》に乗《のっ》て酒田の湊《みなと》に下る。淵庵不玉《えんあんふぎょく》と云医師《いうくすし》の許《もと》を宿《やど》とす。

あつみ山や吹浦《ふくうら》かけて夕すゞみ

暑き日を海にいれたり最上川

江山水陸《こうざんすいりく》の風光数《かず》を尽《つく》して、今象潟《きさがた》に方寸《ほうすん》を責《せむ》。酒田の湊《みなと》より東北の方《かた》、山を越《こえ》、礒を伝《つた》ひ、いさごをふみて、其際《そのさい》十里、日影や、かたぶく比《ころ》、汐風真砂《まさご》を吹上《ふきあげ》、雨朦《もう》朧《ろう》として鳥海《ちょうかい》の山かくる。闇中《あんちゅう》に莫作《もさく》して、「雨も又奇《き》也」とせば、雨後《うご》の晴色《せいしょく》又頼母敷《たのもしき》と、蜑《あま》の苫屋《とまや》に膝《ひざ》をいれて雨の晴《はるる》を待《まつ》。

其朝《そのあした》、天能霽《よくはれ》て、朝日花《はな》やかにさし出《いず》る程に、象潟に舟をうかぶ。先能因島《まずのういんじま》に舟をよせて、三年幽居《ゆうきょ》の跡をとぶらひ、むかふの岸に舟をあがれば、「花の上こぐ」とよまれし桜の老木《おいき》、西行法師《さいぎょうほうし》の記念《かたみ》をのこす。江上《こうしょう》に御陵《みささぎ》あり、神功后宮《じんぐうこうぐう》の御墓《みはか》と云《いう》。寺を干満珠寺《かんまんじゅじ》と云《いう》。此処《このところ》に行幸《みゆき》ありし事いまだ聞《きか》ず。いかなる事にや。此《この》寺の方丈《ほうじょう》に座して簾《すだれ》を捲《まけ》ば、風景一眼《いちがん》の中《うち》に尽《つき》て、南に鳥海《ちょうかい》天をさゝえ、其陰《そのかげ》うつりて江《え》にあり。西はむや〱の関路《せきじ》をかぎり、東に堤《つつみ》を築《きずき》て、秋田にかよふ道遥《はるか》に、海北にかまえて浪打入る所を汐《しお》こしと云《いう》。江の縦横《じゅうおう》一里ばかり、俤《おもかげ》松島にかよひて又《また》異なり、松島は笑ふが如《ごと》く、象潟はうらむがごとし。寂しさに悲しみをくはえて、地勢魂《ちせいたましい》をなやますに似たり。

象潟や雨に西施《せいし》がねぶの花

汐越《しおこし》や鶴はぎぬれて海《うみ》涼し

祭礼

象潟や料理何《なに》くふ神祭《かみまつり》　曾良

蜑《あま》の家《や》や戸板《といた》を敷《しき》て夕涼《ゆうすずみ》　低耳

岩上《がんしょう》に雎鳩《みさご》の巣をみる

波こえぬ契《ちぎり》ありてやみさごの巣　曾良

酒田の余波《なごり》日を重《かさね》て、北陸道《ほくろくどう》の雲に望《のぞむ》。遥々《ようよう》のおもひ胸をいたましめて、加賀《かが》の府まで百三十里と聞《きく》。鼠《ねず》の関《せき》をこゆれば、越後《えちご》の地に歩行《あゆみ》を改《あらため》て、越中《えっちゅう》の国一《くにいち》ぶりの関《せき》に到る。此間《このかん》九日、暑湿《しょしつ》の労に神《しん》をなやまし、病《やまい》おこりて事をしるさず。

文月《ふみづき》や六日も常《つね》の夜《よ》には似ず

荒海《あらうみ》や佐渡《さど》によこたふ天河《あまのがわ》

今日は親《おや》しらず・子《こ》しらず・犬《いぬ》もどり・駒返《こまがえ》しなど云《いう》、北国一《ほっこくいち》の難所《なんじょ》を越《こえ》てつかれ侍れば、枕引《ひき》よせて寐《ね》たるに、一間隔《ひとまへだて》て面《おもて》の方《かた》に、若き女の声二人計《ふたりばかり》ときこゆ。年老《としおい》たるおのこの声も交《まじり》て物語するをきけば、越後の国新潟《くににいがた》と云《いう》所の遊女成《なり》し。伊勢参宮するとて、此《この》関までおのこの送りて、あすは古郷《ふるさと》にかへす文《ふみ》したゝめて、はかなき言伝《ことづて》などしやる也。「白波《しらなみ》のよする汀《なぎさ》に身をはふらかし、あまのこの世をあさましう下《くだ》りて、定めなき契《ちぎり》、日々の業因《ごういん》いかにつたなし」と、物云《ものいう》をきく〳〵寝入《ねいり》て、あした旅立《たびだつ》に、我々にむかひて、「行衛《ゆくえ》しらぬ旅路のうさ、あまり覚束《おぼつか》なう悲しく侍れば、見えがくれにも御跡《おんあと》をしたひ侍《はべら》ん。衣《ころも》の上の御情《おんなさけ》に、大慈《だいじ》のめぐみをたれて、結縁《けちえん》せさせ給へ」と泪《なみだ》を落《おと》す。「不便《ふびん》の事には侍れども、我々は所々《ところどころ》にてとゞまる方《かた》おほし。只《ただ》人の行《ゆく》にまかせて行べし。神明《しんめい》の加護《かご》、かならず恙《つつが》なかるべし」と云捨《いいすて》て出《いで》つゝ、哀《あわれ》さしばらくやまざりけらし。

一家《ひとつや》に遊女もねたり萩と月

曾良にかたれば書《かき》とゞめ侍る。

くろべ四十八が瀬《せ》とかや、数しらぬ川をわたりて、那古《なご》と云《いう》浦に出《いず》。担籠《たご》の藤浪《ふじなみ》は春ならずとも、初秋《はつあき》の哀《あわれ》とふべきものをと、人に尋《たずぬ》れば、「是《これ》より五里いそ伝《づた》ひして、むかふの山陰にいり、蜑《あま》の苫《とま》ぶきかすかなれば、蘆《あし》の一夜《ひとよ》の宿かすものあるまじ」と、いひをどされて、かゞの国に入《いる》。

わせの香《か》や分入《わけいる》右は有磯海《ありそうみ》

卯《う》の花山《はなやま》・くりからが谷《たに》をこえて、金沢《かなざわ》は七月中《なか》の五日《いつか》也。爰《ここ》に大坂《おおさか》よりかよふ商人《あきんど》、何処《かしょ》と云《いう》者有《あり》。それが旅宿《りょしゅく》をともにす。

一笑《いっしょう》と云《いう》ものは、此《この》道にすける名のほの〴〵聞《きこ》えて、世に知人《しるひと》も侍《はべり》しに、去年《こぞ》の冬早世《そうせい》したりとて、其兄《そのあに》追善《ついぜん》を催すに、

塚も動け我泣《わがなく》声は秋の風

ある草庵にいざなはれて

秋涼《あきすず》し手毎《てごと》にむけや瓜茄子《うりなすび》

途中吟《とちゆうぎん》

あか〳〵と日は難面《つれなく》もあきの風

小松《こまつ》と云《いう》所にて

しほらしき名や小松吹《ふく》萩すゝき

此《この》所太田《ただ》の神社に詣《もうず》。真盛《さねもり》が甲《かぶと》・錦《にしき》の切《きれ》あり。往昔《そのかみ》源氏に属《しよく》せし時、義朝《よしとも》公より給《たまう》はらせ給とかや。げにも平《ひら》士《さぶらい》のものにあらず。目庇《まびさし》より吹返《ふきがえ》しまで、菊から草のほりもの金《こがね》をちりばめ、龍頭《たつがしら》に鍬形打《くわがたうつ》たり。真盛討死《うちじに》の後《のち》、木曾義仲《きそのよしなか》、願状《がんじよう》にそへて此社《このやしろ》にこめられ侍《はべる》よし、樋口の次郎が使《つかい》せし事共《ども》、まのあたり縁記《えんぎ》にみえたり。

むざんやな甲《かぶと》の下《した》のきり〴〵す

山中《やまなか》の温泉《いでゆ》に行《ゆく》ほど、白根《しらね》が嶽跡《だけあと》にみなしてあゆむ。左の山際《やまぎわ》に観音堂《かんのんどう》あり。花山《かざん》の法皇三十三所《さんじゆうさんしよ》の順礼とげさせ給ひて後《のち》、大慈大悲《だいじだいひ》の像を安置《あんじ》し給ひて、那谷《なた》と名付《なづけ》給ふと也。那智《なち》・谷組《たにぐみ》の二字をわかち侍《はべり》しとぞ。奇《き》石《せき》さま〴〵に、古松《こしよう》植《うえ》ならべて、萱《かや》ぶきの小堂《しようどう》、岩の上に造りかけて、殊勝《しゆしよう》の土地《とち》也。

石山《いしやま》の石より白し秋の風

温泉《いでゆ》に浴《よく》す。其功有間《そのこうありま》に次《つぐ》と云《いう》。

山中や菊はたおらぬ湯の匂《におい》

あるじとする物は、久米之助《くめのすけ》とていまだ小童《しようどう》也。かれが父誹諧《はいかい》を好み、洛《らく》の貞室《ていしつ》若輩《じやくはい》のむかし、爰《ここ》に来《きた》りし比《ころ》、風雅に辱《はずか》しめられて、洛に帰《かえり》て、貞徳《ていとく》の門人となつて世にしらる。功名《こうめい》の後《のち》、此一村判詞《このいつそんはんじ》の料《りよう》を請《うけ》ずと云《いう》。今更《いまさら》むかし語《がたり》とはなりぬ。

曾良は腹を病《やみ》て、伊勢の国長島《ながしま》と云《いう》所にゆかりあれば、先立《さきだち》て行《ゆく》に、

行々《ゆきゆき》てたふれ伏《ふす》とも萩の原　曾良

と書置《かきおき》たり。行《ゆく》もの、悲しみ、残《のこる》もの、うらみ、隻鳧《せきふ》のわかれて雲にまよふがごとし。予も又、

今日よりや書付《かきつけ》消さん笠の露

大聖持《だいしようじ》の城外《じようがい》、全昌寺《ぜんしようじ》といふ寺にとまる。猶《なお》加賀の地《ち》也。曾良も前の夜《よ》、此《この》寺に泊《とまり》て、

終宵《よもすがら》秋風聞《きく》やうらの山

と残す。一夜《いちや》の隔《へだて》千里に同じ。吾《われ》も秋風を聞《きき》て衆寮《しゆりよう》に臥《ふせ》ば、明《あけ》ぼの、空《そら》近う読経《どきよう》声すむまゝに、鐘板鳴《しようばんなつ》て食《じき》

堂《どう》に入《いる》。けふは越前の国へと、心早卒《そうそつ》にして堂下《どうか》に下《くだ》るを、若き僧ども紙・硯《すずり》をかゝえ、階《きざはし》のもとまで追来《おいきた》る。折節庭中《おりふしていちゅう》の柳《やなぎ》散れば、

庭掃《はき》て出《いで》ばや寺に散《ちる》柳

とりあへぬさまして、草鞋《わらじ》ながら書捨《かきすて》つ。

越前《えちぜん》の境《さかい》、吉崎《よしざき》の入江《いりえ》を舟に棹《さおさ》して、汐越《しおこし》の松を尋ぬ。

終宵《よもすがら》嵐に波をはこばせて
月をたれたる汐越の松　西行

此一首《このいっしゅ》にて数景尽《すけいつき》たり。もし一弁《いちべん》を加《くわう》るものは、無用の指を立《たつ》るがごとし。

丸岡天龍寺《まるおかてんりゅうじ》の長老、古き因《ちなみ》あれば尋ぬ。又《また》、金沢の北枝《ほくし》といふもの、かりそめに見送りて、此処《このところ》までしたひ来《きた》る。所々《ところどころ》の風景過《すぐ》さず思ひつゞけて、折節《おりふし》あはれなる作意など聞《きこ》ゆ。今既別《すでにわかれ》に望みて、

物書《かき》て扇引《ひき》さく余波《なごり》哉

五十丁山《ごじっちょうやま》に入《いり》て、永平寺《えいへいじ》を礼《らい》す。道元禅師《どうげんぜんじ》の御寺《みてら》也。邦機《ほうき》千里を避《さけ》て、かゝる山陰《やまかげ》に跡をのこし給ふも、貴《とうと》きゆへ有《あり》とかや。

福井《ふくい》は三里計《ばかり》なれば、夕飯《ゆうめし》したゝめて出《いず》るに、たそかれの路《みち》たど〳〵し。爰《ここ》に等栽《とうさい》と云《いう》古き隠士有《いんしあり》。いづれの年にか江戸に来《きた》りて予を尋《たずぬ》。遥十《はるかと》とせ余り也。「いかに老《おい》さらぼひて有《ある》にや、将死《はたしに》けるにや」と、人に尋《たずね》侍れば、「いまだ存命《ぞんめい》して、そこ〳〵」と教《おし》ゆ。市中《しちゅう》ひそかに引入《ひきいり》て、あやしの小家《こいえ》に夕顔・へちまのはえかゝりて、鶏頭《けいとう》・はゝ木《き》ゞに戸ぼそをかくす。さては此《この》うちにこそと、門《かど》を扣《たたけ》ば、侘《わび》しげなる女の出《いで》て、「いづくよりわたり給ふ道心《どうしん》の御坊《ごぼう》にや。あるじは此《この》あたり何がしと云《いう》もの、方《かた》に行《ゆき》ぬ。もし用あらば尋《たずね》給へ」といふ。かれが妻なるべしとしらる。むかし物《もの》がたりにこそかゝる風情《ふぜい》は侍れと、やがて尋《たずね》あひて、その家に二夜《ふたよ》とまりて、名月はつるがのみなとにとたび立《だつ》。等栽《とうさい》も共に送らんと、裾《すそ》おかしうからげて、路《みち》の枝折《しおり》とうかれ立《たつ》。

漸《ようよう》白根《しらね》が嶽《だけ》かくれて、比那《ひな》が嵩《だけ》あらはる。あさむづの橋をわたりて、玉江《たまえ》の蘆《あし》は穂に出《いで》にけり。鶯《うぐいす》の関《せき》を過《すぎ》て、湯尾《ゆのお》峠を越《こゆ》れば、燧《ひうち》が城《じょう》、かへるやまに初雁《はつかり》を聞《きき》

て、十四日の夕ぐれ、つるがの津《つ》に宿《やど》をもとむ。

その夜《よ》、月殊晴《ことにはれ》たり。「あすの夜《よ》もかくあるべきにや」といへば、「越路《こしじ》の習ひ、猶明夜《なおめいや》の陰晴《いんせい》はかりがたし」と、あるじに酒す、められて、けいの明神《みょうじん》に夜参《やさん》す。仲哀《ちゅうあい》天皇の御廟《ごびょう》也。社頭神《しゃとうかみ》さびて、松の木《こ》の間《ま》に月のもり入《いり》たる、おまへの白砂《はくさ》、霜を敷《しけ》るがごとし。「往昔《そのかみ》、遊《ゆ》行《ぎょう》二世の上人《しょうにん》、大願発起《たいがんほっき》の事ありて、みづから草を刈《かり》、土石《どせき》を荷《にな》ひ、泥渟《でいてい》をかはかせて、参詣往来《さんけいおうらい》の煩《わずらい》なし。古例《これい》今にたえず、神前《しんぜん》に真砂《まさご》を荷《にな》ひ給ふ。これを遊行の砂持《すなもち》と申《もうし》侍る」と亭主のかたりける。

月清《きよ》し遊行《ゆぎょう》のもてる砂の上

十五日、亭主の詞《ことば》にたがはず雨降《ふる》。

名月や北国日和定《ほっこくびよりさだめ》なき

十六日、空霽《はれ》たれば、ますほの小貝《こがい》ひろはんと、種《いろ》の浜に舟を走《は》す。海上《かいしょう》七里あり。天屋何某《てんやなにがし》と云《いう》もの、破《わり》籠《ご》・小竹筒《ささえ》などこまやかにした、めさせ、僕《しもべ》あまた舟にとりのせて、追風《おいかぜ》時のまに吹着《ふきつき》ぬ。浜はわづかなる海士《あま》の小家《こいえ》にて、侘《わび》しき法花寺《ほっけでら》あり。爰《ここ》に茶を飲《のみ》、酒をあた、めて、夕ぐれのさびしさ感に堪《たえ》たり。

寂しさや須磨《すま》にかちたる浜の秋

浪の間《ま》や小貝にまじる萩の塵《ちり》

其《その》日のあらまし、等裁《とうさい》に筆をとらせて寺に残す。

露通《ろつう》も此《この》みなとまで出《いで》むかひて、みの、国へと伴《ともな》ふ。駒にたすけられて大垣《おおがき》の庄《しょう》に入《いれ》ば、曾良も伊勢より来《きた》り合《あい》、越人《えつじん》も馬をとばせて、如行《じょこう》が家に入集《いりあつま》る。前川子《ぜんせんし》・荊口父子《けいこうふし》、其外《そのほか》したしき人々日夜《にちや》とぶらひて、蘇生《そせい》のものにあふがごとく、且悦《かつよろこ》び且《かつ》いたはる。旅の物《もの》うさもいまだやまざるに、長月《ながつき》六日になれば、伊勢の遷宮《せんぐう》おがまんと、又《また》舟にのりて、

蛤《はまぐり》のふたみにわかれ行《ゆく》秋ぞ

Ⅲ 奥の細道を歩く

大垣の芭蕉・木因像

ここでは、『奥の細道』（以下に『細道』と略記する）の要所を実際にたどるという観点から、史跡や記念施設の代表的なものを取り上げ、その前後の見所も併せて紹介する。紙幅の関係などから、記述に精粗がある点をお断りする。記述中の日付はすべて旧暦のもの。要する時間は一応の目安とご理解いただきたい。

江東区芭蕉記念館

東京都江東区常盤1―6―3
電話03（3631）1448
【交通】都営地下鉄新宿線・大江戸線の森下駅から徒歩七分。JR総武線の両国駅から徒歩二〇分。

延宝八年（一六八〇）冬に移り住んで以来、芭蕉の生活や俳諧の基盤となったのが深川。当時は、隅田川を隔てただけで、日本橋の喧噪とは対照的に静謐《せいひつ》な空間が広がっていたはずである。旅で留守にしがちであったとはいえ、それも深川という帰るべき場があったからのこと。芭蕉ゆかりの地として、まずはここを訪れたい。

森下駅A1出口から隅田川に向かって歩き、「新大橋」の交差点にさしかかったら左折。数分で右側に芭蕉記念館が現れる。入口には芭蕉の木、園庭には芭蕉句にちなむ植物が植えられ、目を楽しませてくれる。二・三階が展示室になっており、二階では趣向を凝らした企画展が開かれている。芭蕉関連の資料や、連歌・俳諧・俳句の短冊・懐紙など、実物（一部に複製）を通して過去と往来できるのがうれしい。ホームページに期間や内容が紹介されているので、出かける際には確認されたい（他の施設も同様）。三階には深川などの古地図があり、『細道』にちなむ物として、「ますほの小貝」の実物などがあるのも見逃せない。文学講習会が定期的に開催され、句会や勉強会のできる会議室も備わる。芭蕉遺愛の品とされる蛙の像も楽しい。

裏口から出て、隅田川に沿って左方向にしばらく歩くと、会議室のある分館。その上に史跡展望庭園（江東区常盤1―1―3）があり、杉風画に基づく芭蕉像が鎮座する。十七時になると向きを変えることで知られるものの、これは船からでないと確認できない。芭蕉自身、「三叉のほとり」と書いている通り、芭蕉庵はたしかにこの近くにあった。何が「三叉」なのかを、ぜひとも味わっていただきたい。それはすばらしい景観である。また、ここを下りて川と逆方向に少し行くと芭蕉稲荷神社（同1―3）があり、ここが庵の跡だともいわれている。

芭蕉は深川に来て仏頂和尚と知り合い、和尚が江戸滞在中に過ごした臨川庵を訪ね、禅を学んでいる。芭蕉の俳諧が変わる大きな要因となったもので、その舞台が現在の臨川寺《りんせんじ》（清澄3―4―6）である。芭蕉稲荷から小名木川を越え、清洲橋通りに出たら左折して数分の距離。

また、このすぐ近くには、紀伊国屋文左衛門の屋敷跡ともいわれる清澄《きよすみ》庭園（同3―3―9）があり、芭蕉句「古池や」の大きな句碑が見られる。気持ちのよい空間が広がった日本庭園で、休憩するにもちょうどよい。清澄通りに出て右に行くと、杉風の別荘であった採茶庵《さいとあん》の跡（深川1―9）があり、ここにも芭蕉像がある。『細道』で「住る方は人に譲り、杉風が別墅《べつしょ》に移るに」と書かれた「別墅」であり、ここから旅立ったわけである。そうした昔を偲びながら、像に語りかけてみてはいかが。庭園の近くまで戻って道の反対側、資料館通りを行くと、深川江戸資料館（白河1―3―28）がある。江戸時代後期の深川の町並みを再現したもので、まさしく江戸にタイムスリップできる。八百屋・米屋・

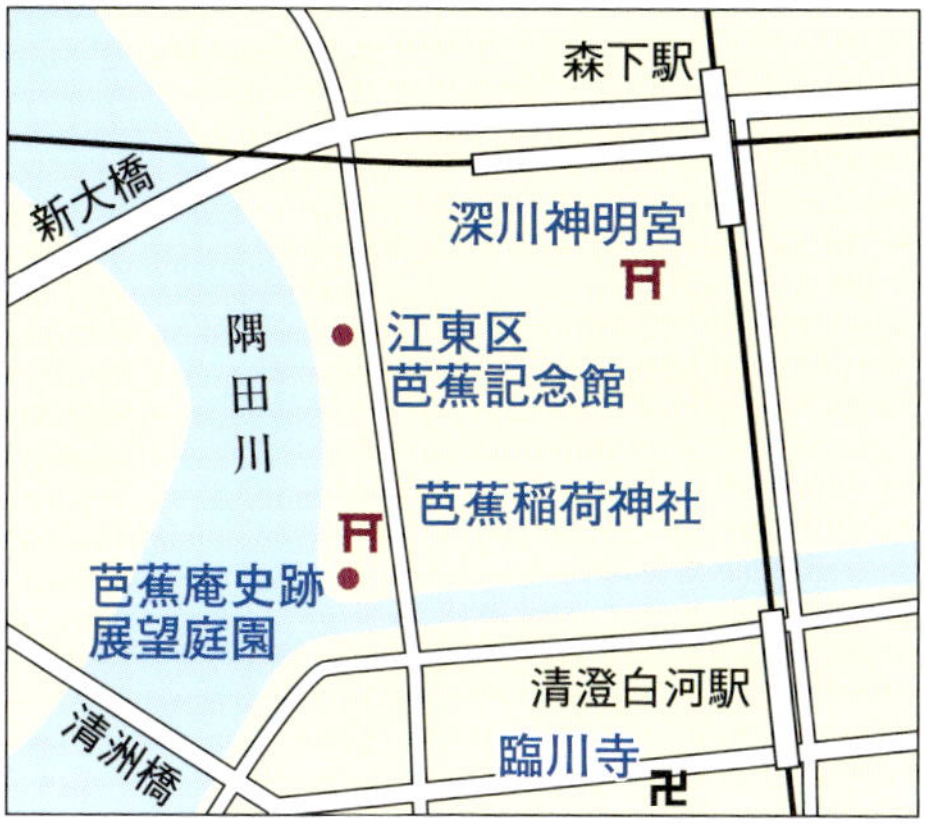

江東区芭蕉記念館

船宿・長屋、火の見櫓や屋台などがあり、ボランティアによる解説も受けられる。建物に入って、道具類を手にすることもできる。

このあたりは寺町で、松平定信の墓所である霊巌寺《れいがんじ》（同1―3―32）をはじめ、多くの寺院がある。園女《そのじょ》の墓がある雄松院（同1―1―8）もすぐそば。門前仲町に足を延ばせば、深川不動堂（富岡1―17―13）や富岡《とみおか》八幡宮（同1―20―3）があり、門前町をぶらぶらするのも楽しい。また、両国の周辺も、江戸東京博物館（墨田区横網1―4―1）など見所が多い。諸災害の被害者を祀る回向院《えこういん》（両国2―8―10）は、大相撲の興業があったことでも知られ、鼠小僧次郎吉の墓もある。赤穂浪士が討ち入りを果たした吉良邸跡の一部は本所松坂町公園（同3―13―29）になり、要津寺《ようしんじ》（千歳2―1―16）は江戸中期の大島蓼太が門前に芭蕉庵を再興したことで知られ、芭蕉翁俤塚などがある。両国駅から芭蕉記念館に向かう際には、これらへも立ち寄りたい。

千住大橋

東京都足立区千住橋戸町・荒川区南千住6丁目

【交通】京成本線の千住大橋駅から徒歩五分。ＪＲ常磐線・地下鉄日比谷線・東武鉄道の北千住駅から徒歩一五分。

元禄二年（一六八九）の三月二十七日（太陽暦では五月十六日）、深川から舟に乗って隅田川を遡った芭蕉は、ここ千住で舟から上がり、長旅への一歩を踏み出す。千住大橋は、文禄三年（一五九四）、隅田川で最初に架けられた橋。現在は北側が足立区、南側が荒川区に属し、芭蕉がどちらに上陸したかをめぐっては、それぞれの主張がある。

北詰の大橋公園（足立区千住橋戸町）には、「行春や」の句文碑があり、『細道』の「千じゆと云《いう》所にて船をあがれば…、是《これ》を矢立の初《はじめ》として…」にちなみ、矢立《やたて》初《はじめ》の碑と名付けられている。隣接する橋詰テラスには、蕪村の描く芭蕉・曾良の旅立ち図が写されている。日光街道を少し進み、旧道に入ってすぐの足立市場前（足立区千住橋戸町50）には、矢立を手にする芭蕉像。少し進んだ左側、ヤッチャ場（青物市場）跡には、江戸時代の蔵を利用した千住宿歴史プチテラス（千住河原町21―11）がある。ここから先は、江戸時代後期の商家であった横山家住宅（千住4―28―1）、同じころから今に続く絵馬屋の吉田家（同4―15―8）などもあり、旧時を偲びながら歩くのに最適。

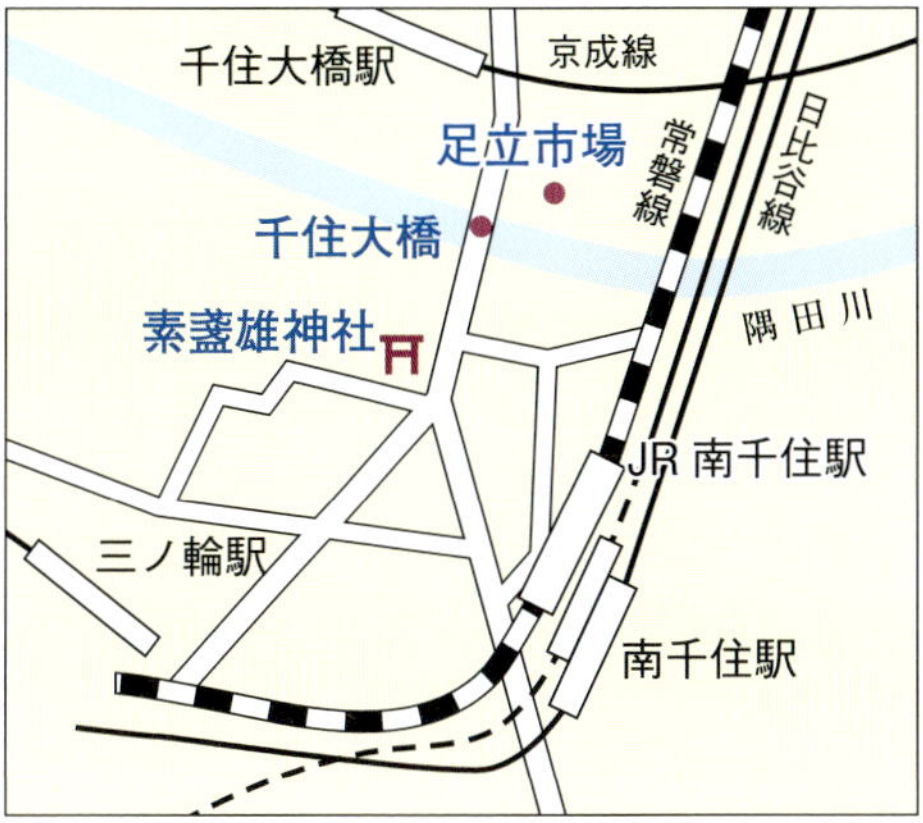

千住大橋

橋の南側には素盞雄《すさのお》神社（荒川区南千住6―60―1）があり、「行春や」句文の碑がある。文政三年（一八二〇）、儒者で書家としても名高い亀田鵬斎《かめだぼうさい》が筆をとり、画家で俳諧もよくした建部巣兆《たてべそうちょう》の芭蕉座像が添えられた、芭蕉句碑の中でもなかなかの豪華版。長年の風雨にほとんど判読不能になったため、平成七年に復刻碑が作られ、当時の面影を伝えている。境内には、子育ての銀杏や延宝六年（一六七八）の庚申塔《こうしんとう》などがあり、すぐ近くには荒川ふるさと文化館（同6―63―1）もある。

時間的な余裕があるなら、南千住駅を起点に、素戔嗚神社を拝するなどしてから大橋を渡り、旧道を通って北千住駅方面に向かうルートをお勧めしたい。その折には、吉原の遊女を葬ったことで知られる、浄《じょう》閑寺《かんじ》（同2―1―12）に寄るのもよいだろう。新吉原総霊塔のほか、新比翼塚や永井荷風の詩碑・筆塚などがある。また、南千住駅付近には小塚原刑場がかつてあったため、吉田松陰らの墓がある回向院《えこういん》（同5—33—13）、大きな地蔵尊が目につく延命寺（同2—34—5）などもある。

千住につづく宿駅は草加。『細道』に「其日 漸《ようよう》早加と云《いう》宿にたどり着《つき》にけり」とあることから、ここにも関連の施設等が多い。約一・五キロの草加松原遊歩道（埼玉県草加市神明2～旭1）には、百代橋・矢立橋という二つの太鼓橋が作られ、日本の道百選に選ばれている。東部スカイツリーラインの松原団地駅から徒歩五分で百代橋。ここを起点に散策するのも一手ながら、芭蕉の行路を重視するなら、同線の草加駅から歩き始め、遊歩道を通って松原団地駅に向かうのが上策。旧日光街道には旧家や本陣跡の碑などがあり、近くに小学校の校舎を改修した歴史民俗資料館（住吉1—11—29）がある。名物の煎餅屋も多く、古民家を利用した草加宿神明庵《しんめいあん》（神明1—6—14）では、お茶の接待が受けられる。草加煎餅を生んだ女性にちなむおせん公園も近くにあり、曾良の像が建てられている。曾良が右手を差し出す方向、綾瀬川沿いの札場河岸《ふだばがし》公園（松原遊歩道の南端）には芭蕉の見返り像。望楼や正岡子規・水原秋桜子の句碑などを見てから、遊歩道に入ろう。

ところで、千住と草加の間は八・八キロほど。曾良の日記（以下に『日記』と記す）から、初日の宿泊地はさらに十七キロ先の粕壁《かすかべ》（春日部）であったことが知られ、一般的にも、日本橋からは一日で歩ける距離であったという。ここも散策に適しており、東部スカイツリーラインの春日部駅から古利根川の方まで一周してみたい。春日部市郷土資料館（春日部市粕壁東3—2—15）で探訪マップがもらえるし、東陽寺（同2—12—20）には日記の一部を刻した記念碑がある。本陣跡・道標や蔵作りの商家などがあり、古寺も多い。

日光東照宮

栃木県日光市山内2301
電話0288（54）0506
【交通】東武日光線の東武日光駅、JR日光線の日光駅から東武バスの神《しん》橋《きょう》で下車し、徒歩一〇分。

二十八日は間々田《ままだ》に泊り、翌二十九日、芭蕉は下野国の総社である大神《おおみわ》神社（栃木県栃木市惣社町477）を訪ねている。境内の池にある小さな島々が室《むろ》の八島《やしま》で、芭蕉もここでほぼ同様のもの（整備の手は後に加わる）を見ている。ただし、室の八島は早く実態の不明になった歌枕で、この境内の八島は後世の付会。歌枕の多くは、もともとそうしたものである。東武宇都宮線の野州《やしゅう》大塚駅から徒歩一五分ほど。

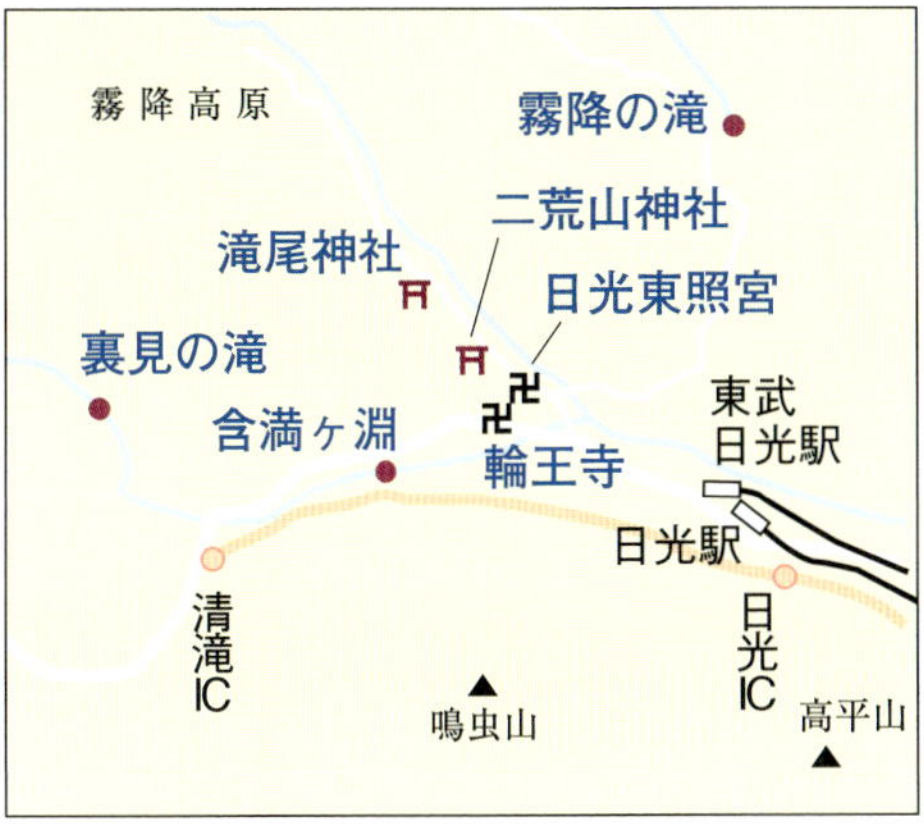

日光東照宮

芭蕉が日光を訪ねたのは四月一日で、まさに青葉の時期。日光山の鬱蒼とした木立の中に、東照宮・二荒山《ふたらさん》神社・輪王寺《りんのうじ》の二社一寺があり、世界遺産に指定されている。半日ほどかけて全体をゆっくり回って歩けば、芭蕉が東照宮の華麗さばかりでなく、太古から伝わる山全体の神々しさにも目を向けていることが実感できよう。宝物館の近くに「あらたふと」の芭蕉句碑があり、このあたりも雰囲気がよい。

この後は、裏見の滝（日光市丹勢町）にも足を延ばしたい。バスで先に進み、裏見の滝入口で下車。徒歩約三〇分の道もさほど歩きにくくはなく、観瀑台から清冽な気分を味わえば、多少の疲れも吹き飛ぶというもの。滝の裏には不動明王が祀られるものの、現在は裏に回ることが禁じられている。「しばらくは」の芭蕉句碑は安良沢《あらさわ》小学校（久次良町1777）の敷地内にある。『曾良日記』から寄ったことの知られる含満《がんまん》ヶ淵（匠町の憾満ガ淵）は、道を少し戻る形で、バス停の総合会館前から徒歩一五分ほど。大矢《だいや》川の奇勝地であり、地蔵群にも目を奪われる。

日光からは黒羽をめざし、那須野を進んだことが知られている。芭蕉が最も長く滞在したことで知られる黒羽は、「芭蕉の里」としての観光整備が進み、ゆっくり散策するのに恰好の地。ＪＲ東北新幹線の那須塩原駅か東北本線の西那須野駅からバスで大田原《おおたわら》市に入り、黒羽城趾公園に隣接する芭蕉の館（大田原市前田９８０―１）を訪ねると、馬上の芭蕉と曾良の像が出迎えてくれる。俳諧や黒羽藩に関する資料展示も充実。周囲には浄法《じょうぼう》寺桃雪《じとうせつ》邸跡や「山も庭も」の芭蕉句碑があり、芭蕉公園となっている。

このほか、修験《しゅげん》光明寺跡（黒羽町余瀬）に「夏山に」、玉藻《たまも》稲荷神社（蜂巣）に「秣負ふ」、常念寺（黒羽向町１００）に「野を横に」など、市内には芭蕉句碑が多い。地図も観光協会などに用意され、レンタサイクルもある。西教寺（余瀬４３５）には「かさねとは」の曾良句碑があり、翠桃《すいとう》邸跡もほど近い。那須与一《なすのよいち》ゆかりの那須神社（南金丸１６２８）や与一伝承館（同１５８４―１）、浄法寺家の墓所である大雄寺（黒羽田町４５０）などもある。芭蕉が楽しみにしていた雲巌寺《うんがんじ》（雲岩寺27）はかなりの距離があり、自転車かバス・タクシーの利用となる。深閑とした趣にひたりつつ、『細道』本文の碑や芭蕉句「木啄《きつつき》も」と仏頂《ぶっちょう》歌「たて横の」を刻んだ碑を鑑賞しよう。仏頂和尚山居跡は立ち入り不可となっている。

四月十六日から二泊した高久家（那須郡那須町大字高久）は、東北本線の高久駅から徒歩一〇分ほど。門内に芭蕉句「落くるや」と曾良の脇句を刻んだ碑、隣接地に芭蕉翁塚があり、同家菩提寺の高福寺にも発句・脇句の碑（脇句を誤る）がある。那須の殺生石《せっしょうせき》（那須町湯本１８２）は、那須塩原駅か東北本線の黒磯駅からバスに乗り、那須湯本で降りれば徒歩五分。今も有毒ガスが噴出し、その荒涼とした景観は一見の価値がある。「いしの香や」の芭蕉句碑があり、すぐ近くの温泉《ゆぜん》神社には「湯をむすぶ」の句碑がある。二十日に訪ねた遊行柳《ゆぎょうやなぎ》（同芦野２５０３）は、東北本線の黒田原駅からバスかタクシーで一五分ほど。今も田の中に立派な柳を見ることができ、「田一枚」の芭蕉句碑と西行歌碑、「柳散」の蕪村句碑がある。

白河の関

福島県白河市旗宿字関ノ森
【交通】ＪＲ東北本線の白河駅から福島交通バスの白河の関で下車。

奥州の入口である白河の関は、廃止されて久しく、松平定信が旗宿《はたじゅく》にあったと定めるまで、その跡もわからなくなっていた。芭蕉は国境にある関の明神、玉津島神社（那須郡那須町寄居２０８２）と境神社（白河市白坂明神80）を参拝してから、旗宿に向かっている。境神社には「風流の」の芭蕉句碑や大江丸《おおえまる》らの句碑があり、白河駅からバスで約二〇分。旗宿には定信の建てた古関蹟碑や『細道』の碑、隣接する白河神社に能因・兼盛・景季の三古歌碑があり、近くの白河関の森公園には芭蕉・曾良の像がある。明神と旗宿を結ぶバスはなく、白河駅観光案内所のレンタサイクルで回るのがよいかもしれない。

須賀川も二十二日から七泊した所で、見所が少なくない。ＪＲ東北本線の須賀川駅から須賀川市芭蕉記念館（須賀川市八幡町１３５）までは、バスで一〇分ほどの距離。俳諧関係の展示が楽しく、市内の史跡に関する情報もつかめる。等躬《とうきゅう》宅跡は標柱があるのみながら、可伸《かしん》庵跡（本町《もとまち》）には東屋が設置され、近くに『細道』の碑と「世の人の」の芭蕉句碑。等躬の菩提寺である長松院（諏訪町88）には等躬の句碑、十念寺（池上町１０１）には「風流の」の芭蕉句碑と多代《たよ》女の句碑、市立博物館（同６）と歴史民俗資料館が並ぶ前には「五月雨に」の芭蕉句碑があり、これらは徒歩で回ることができる。『日記』から芭蕉の訪問が知られる石河滝《いしかわの》（前田川字滝下の乙

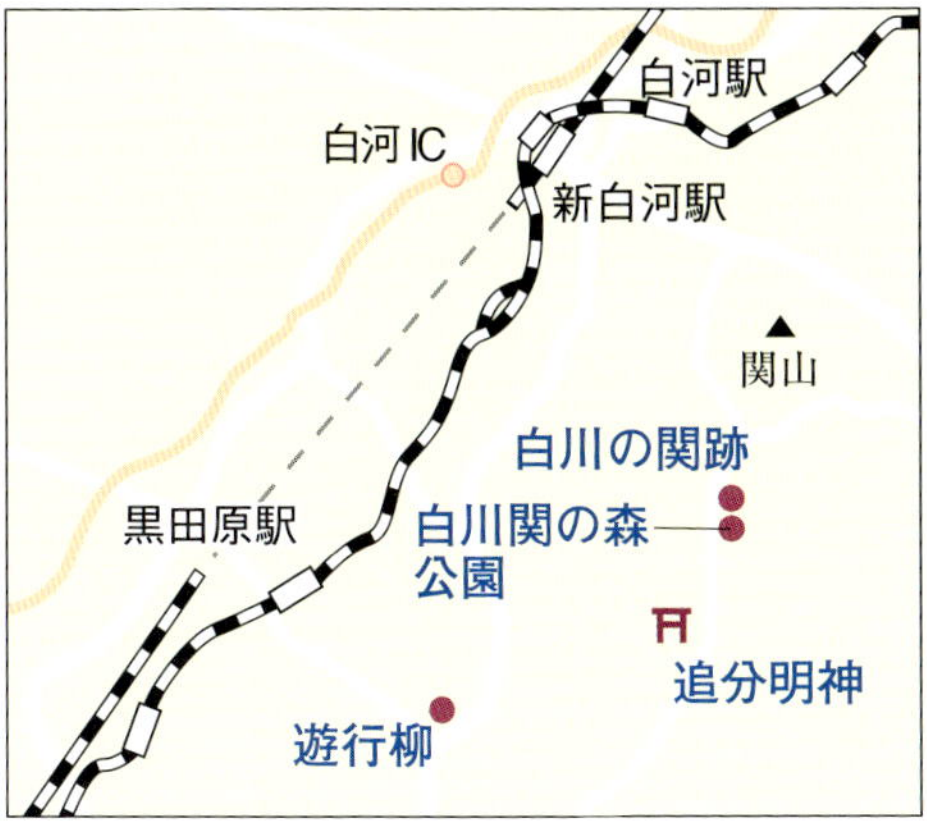

白河関跡

字ヶ滝）は、須賀川駅からバスで約二〇分。日本のナイアガラとも呼ばれるほどの景観で、不動尊堂や「五月雨の」の芭蕉句碑がある。

五月一日に芭蕉が花かつみを探し回った安積山《あさかやま》は、東北本線の日和田駅から徒歩一五分ほど。安積山公園（郡山市日和田町）に『細道』の碑や采女《うねめ》歌碑があり、明治以後に花かつみと特定されたヒメシャガが、地元の人の手で大切に育てられている。鬼女伝説で知られる黒塚は観世寺（二本松市安達ケ原4―126）の近くにあり、寺には鬼の岩屋や子規の句碑などがある。最寄り駅は東北本線の安達駅で、二本松駅からはバスがある。

芭蕉が五月二日に訪ねた文字摺《もじずり》石は信夫の里、安洞院（福島市山口字寺前5）に属する文知摺観音堂の近くに現存。石の手前に「早苗とる」の芭蕉句碑があり、合わせて石を実見すれば、やはり感慨深いものがある。子規の句碑や源融《みなもとのとおる》の歌碑などもあり、昔を偲びつつ、静かに散策するのに最適。敷地内の資料館に、「早苗つかむ」句文の真蹟が展示されているのもありがたい。また、その売店に掲示される写真からは、最近まで、文知摺石の脇の綾形《あやがた》石で実際に布を染める会があったことが知られ、歴史と現在をつなぐ試みがこの地に根付いていたことに感銘を覚える。入口の手前には芭蕉像もある。JR東北本線の福島駅からバスで三〇分ほどの距離ながら、バスの本数はきわめて少ない。

この後に芭蕉が訪ねたのは、佐藤元治《もとはる》の菩提寺である医王寺《いおうじ》（飯坂町平野字寺前45）。福島駅から飯坂電車に乗り、医王寺前駅で降りたら、標識にしたがい一〇分ほど。境内には「笈も太刀も」の芭蕉句碑があり、芭蕉が入らなかった本堂にも上がれる。その裏手に義経・継信《つぐのぶ》・忠《ただ》信《のぶ》の像があり、奥には元治や継信・忠信らの墓がある。宝物館の瑠璃光殿には弁慶筆とされる経などを展示。妻たちの墓標に感涙したとあるのは文芸的な虚構で、ここから遙か北、田村神社（宮城県白石市斎川字坊ノ入54）の甲冑《かっちゅう》堂に二人の木像が現存する。

　飯坂電車に再乗車し、終点の飯坂駅で降りると、芭蕉像が待っている。中心の道を五分ほど行くと、現在は公衆浴場の鯖湖《さばこ》湯があり、鯖湖碑などがある。近くの旧堀切邸は無料で公開され、足湯が使えるのもうれしい。駅から右方面に進めば、『細道』の碑がある。西方向に見える丘は元治の大鳥城があった「庄司が旧跡」で、今は館ノ山公園（飯坂町字舘ノ山）となっている。

多賀城碑

宮城県多賀城市市川字田屋場《たやば》
【交通】ＪＲ東北本線の国府多賀城駅から徒歩一〇分。

五月四日、伊達の大木戸を越えて仙台領に入った芭蕉は、岩沼の二木《ふたき》の松を目にし、『細道』にその感興を記している。ＪＲ東北本線の岩沼駅で降りたら東口に出て、芭蕉像と「桜より」句碑を確認。福島方面に戻る形で一五分ほど歩くと、二木の松史跡公園（宮城県岩沼市二木2―2）に着く。現在の松は文久二年（一八六二）に植え継ぎされたものながら、なかなか立派な姿。脇に元善《もとよし》・季通《すえみち》の歌碑があり、園内には「桜より」句碑もある。竹駒神社（岩沼市稲荷町1―1）はここから五分ほど。日本三大稲荷の一ともいわれる立派な社で、大鳥居を入った参道に「さくらより」句碑がある。建碑した謙阿の碑も並び、唐門の手前左に土井晩翠《どいばんすい》の歌碑もある。

　同日、芭蕉が行くことを断念したのが実方《さねかた》の塚（名取市愛島塩手字北野42）で、実際の行程（岩沼→名取）は『細道』の記述と逆になっている。芭蕉が寄っていないとはいえ、見る価値は十分。東北本線の名取駅からは相当の距離ゆえ、タクシーかレンタサイクルを利用するとよい。後者は駅に隣接のコミュニティープラザで申し込み、駅から西の方向に進む。観光案内の標識類があまりないので、地図は持参したい。国道39号に出ると案内板があるので、これにしたがい小川に沿って進むと、すぐに芭蕉の「笠島は」句碑。西行ゆかりのかたみの薄と馬年の句碑を横目に奥に向かうと、幽邃な雰囲気の一画に、実方の墳墓と西行歌碑・実方歌碑などがある。ここから国道の上り坂を一〇分ほど行くと、実方が落馬したという道祖神社（愛島笠島字西台1―4）。現在は佐倍乃《さえの》神社が正式名称で、ここも雰囲気がある。以上をめぐって駅に戻るまで、自転車で一～二時間。駅の反対側には奥州道が走り、芭蕉と同様、笠島方面を見やりながら少し歩くのもおもしろい。

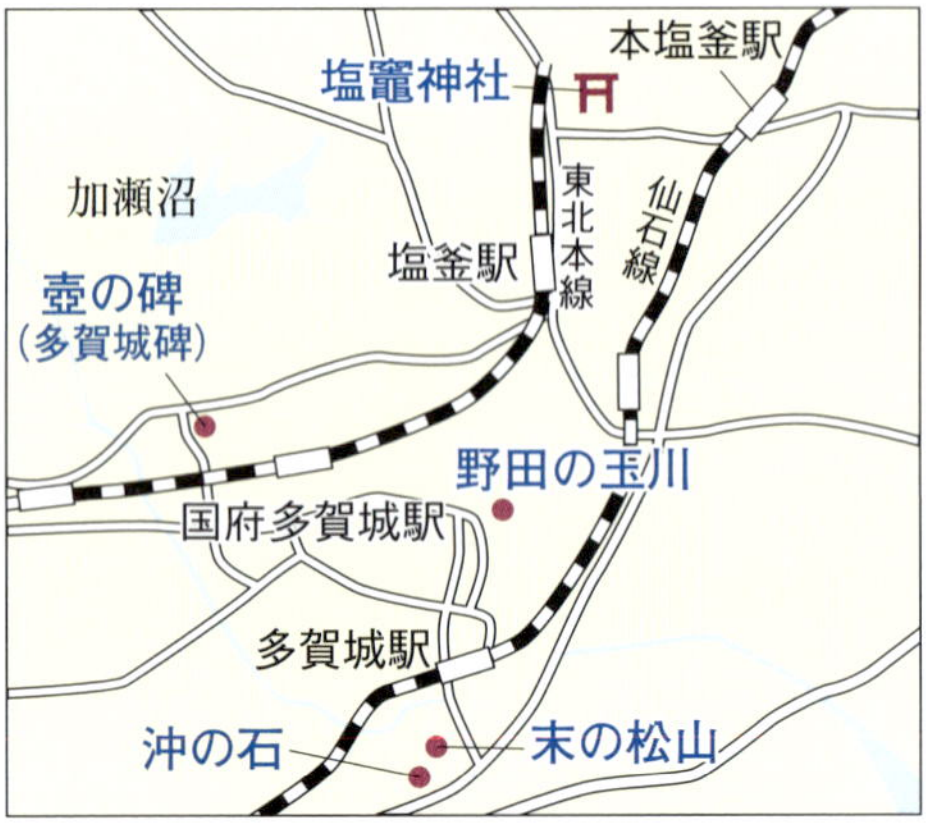

多賀城碑

芭蕉が画工加右衛門《かえもん》に案内された寺社や歌枕は、JR仙台駅を起点に回ることができる。バスで一〇分ほど行けば、国分寺（仙台市若林区木ノ下2―8―28）の薬師堂がある木ノ下公園で、「あやめ草」の芭蕉句碑がある。この北に位置する宮城野原総合運動場のあたりが宮城野の中心地であったらしい。榴岡《つつじがおか》公園に隣接する榴岡天満宮（宮城野区榴ヶ岡23）は、JR仙石線の榴ヶ岡駅に近く、仙台駅や木ノ下から徒歩も可能。「あか〳〵と」の芭蕉句碑や多くの歌碑・句碑がある。『日記』に見える権現宮は仙台東照宮（青葉区東照宮1―6―1）で、東北本線の東照宮駅を利用。伊達家の氏神である亀岡八幡宮（川内亀岡町62）は、仙台駅からバスが出ている。

八日、芭蕉は加右衛門の絵図に任せて奥の細道を通り、壺碑《つぼのいしぶみ》に涙を落としている。その「奥の細道」は中世以来の地名で、東北本線の岩切駅から徒歩二〇分ほど、東光寺（宮城野区岩切字入山22）の先あたりをさすという。

かつてを偲ぶよすがはないものの、寺では石窟や板碑群を見ることができる。芭蕉が感激した碑は多賀城の由来を刻んだもので、歌枕としての壺碑ではない。それでも、芭蕉がこれに深い感銘を覚えたことは間違いなく、歴史的にも貴重なもの。重要文化財に指定され、現在は鞘堂《さやどう》の格子戸から見ることになる。近くに「あやめ草」の芭蕉句碑がある。多賀城などの遺跡は発掘調査が進み、雄大な景観が味わえる。東北歴史博物館（多賀城市高崎1—22—1）に寄るのもよいだろう。

多賀城跡から三〇分ほど歩くと野田の玉川（中央3）があり、おもわくの橋とともに景観が整備されている。さらに二〇分ほど歩くと、やはり歌枕の沖の石（八幡2—19）と末の松山（同2—8—28）がある。いずれも後世に定められたものながら、とくに後者では墓原の松に芭蕉と同じ思いを抱くことができる。小高い丘の全体が末松山宝国寺で、元輔の歌碑も松の根方にある。ここからはJR千石線の多賀城駅まで徒歩一〇分ほど。塩竈《しおがま》神社（塩竈市一森山1—1）は、『細道』に「いと貴《とうと》けれ」とある通りの立派な社で、芭蕉が見た忠衡《ただひら》奉納の灯籠（寛文期の再造）も現存する。鳥居の近くに『細道』の碑があり、初夏には塩竈桜の花も見られる。ここは同線の本塩釜駅から徒歩一〇数分。

中尊寺

岩手県西磐井郡平泉町平泉衣関202

【交通】JR東北本線の平泉駅から徒歩三〇分。

芭蕉が最も楽しみにしていた松島は、JR仙石線を使って松島海岸駅で降りれば眼前。ただし、芭蕉と同様の景観を楽しむなら、塩釜港からの遊覧船で絶景を楽しもう。船を上がると正面が瑞巌寺《ずいがんじ》（宮城郡松島町松島町内91）。伊達家の菩提寺であり、参道の杉木立には石窟群が続き、門の外には『細道』の碑や数多の句碑がある。五大堂や観瀾亭を回ったら、雄島にも立ち寄ろう。「朝夜さを」の芭蕉句碑と「松島や」の曾良句碑が並ぶほか、

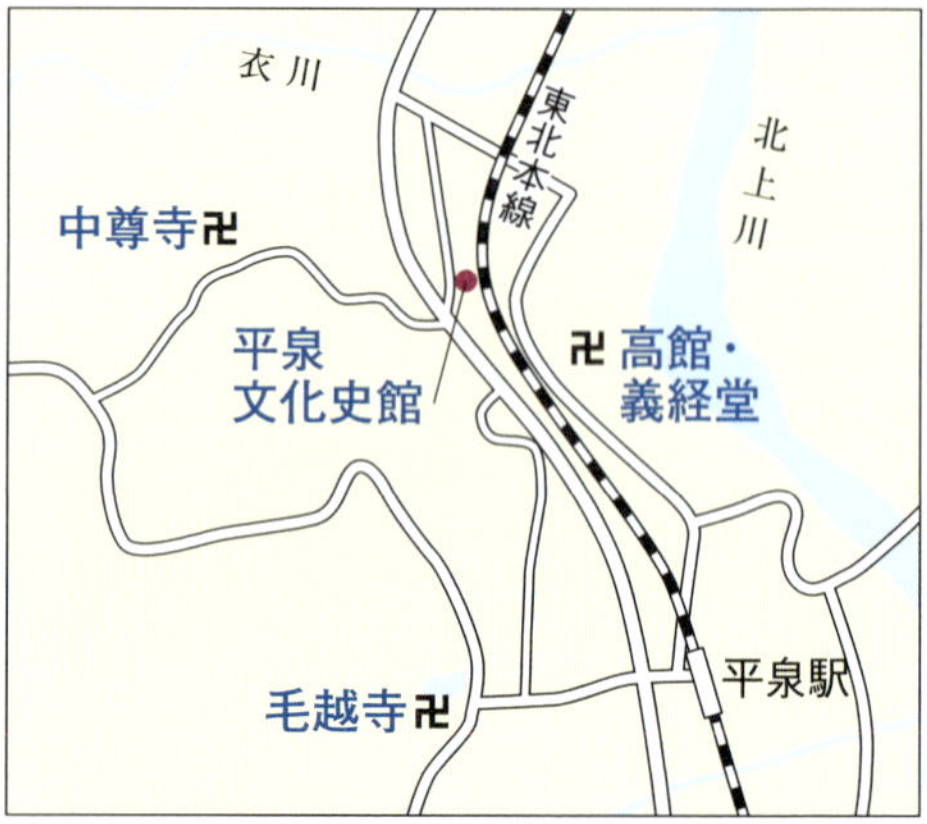

ここにも句碑・歌碑が多く、雲居《うんご》禅師にちなむ座禅堂や松吟庵跡もある。

芭蕉が石巻に着いたのは五月十日で、『細道』に道を間違えたとあるのは文芸上の虚構。日和山《ひよりやま》公園（宮城県石巻市日和が丘2―1―10）には芭蕉・曾良の像と「雲折《おり》〱《おり》」の芭蕉句碑があり、ここから海を眺めやれば、さまざまな感慨が胸に渦巻く。JR石巻線の石巻駅からは徒歩約三〇分で、行きにタクシーを使ったら、帰りは北上川に沿って歩き、義経ゆかりの袖の渡り（住吉町の住吉公園内）などに寄るのもよい。ここから駅までは徒歩五分。

中尊寺金色堂

平泉は、奥州藤原氏が独特の文化を育てた点でも、義経一行が悲惨な最期を迎えた点でも、芭蕉の関心を誘ってやまない地であった。現在は世界遺産に登録され、海外からの観光客も多い。芭蕉に倣い、まずは義経像を祀る高館《たかだち》の義経堂《ぎけいどう》（西磐井郡平泉町柳御所14）を訪ねよう。北上川に臨んでの眺望がすばらしく、しばし栄枯盛衰の思いにひたりたい。「夏草や」句と『細道』の文章を刻んだ碑もここにあり、曾良の「卯の花に」句碑は線路沿いにある。平泉文化史館（同平泉坂下10―7）前にも記念碑。中尊寺には西行歌碑があり、本坊や金色堂を参観して、経蔵へ向かう道には「五月雨の」の芭蕉句碑、その先には芭蕉像と『細道』の碑がある。毛越寺《もうつうじ》（同平泉大沢58）の浄土庭園も必見で、「夏草や」句碑が二基ある。

平泉を出てからの道筋は、『日記』からほぼ推定できる。

約五十キロの上《かみ》街道がそれで、芭蕉が休んだとされる衣《ころも》掛《かけ》の松（宮城県栗原市一迫町）などがあり、ハイキングコースにもなっている。行く予定だった姉歯の松（金成姉歯）も含め、JR東北新幹線のくりこま高原駅から、タクシー等を使うことになる。芭蕉が一泊した岩出山（大崎市岩出山町）には芭蕉像と碑があり、最寄りはJR陸羽東線の岩出山駅。

同線の鳴子温泉駅から徒歩一五分の地、尿前《しとまえ》の関跡（鳴子温泉尿前）には関所風の門や柵が設けられ、近くに芭蕉像や「蚤虱《のみしらみ》」の句碑がある。芭蕉が宿った封人《ほうじん》の家（山形県最上郡最上町 堺田《さかいだ》）も見所の一つで、同線の堺田駅から徒歩五分。土間を隔てて座敷と厩《うまや》が向かい合う構造が実感でき、近くに「蚤虱」の句碑がある。尿前から堺田まで、雰囲気のよい歴史の道を歩くと二時間以上かかる。

五月十五日、芭蕉が緊張しつつ越えた山刀伐《なたぎり》峠（最上町富沢）は、最上町と尾花沢市の境界。道は整備され、徒歩二時間ほどで峠越えはできるものの、JR赤倉温泉駅から一刎《ひとはね》までのバスも、市野々《いちのの》から尾花沢までのバスも少ない。タクシーでトンネル入口まで行き、峠を下りたあたりで待機してもらうのが無難だろう。頂上には『細道』の碑がある。

立石寺《りっしゃくじ》

山形県山形市山寺4456―1
【交通】JR仙山線の山寺駅から徒歩一〇分。

芭蕉が十泊した尾花沢は、後述のJR大石田駅からバス（本数は少ない）かタクシーで一五分ほど。大石田を巡った後に訪れるのがよいかもしれない。三泊した清風宅跡の隣に、芭蕉・清風歴史資料館（尾花沢市中町5―36）があり、商家のたたずまいを再現しているのがうれしい。貴重な資料を拝見できる。ほど近い念通寺（上町5―6―50）は清風の菩提寺ながら、共同墓地のため、清風個人の墓碑はない。七泊した養泉寺（梺町2―3―20）には、「涼しさを」句碑の小堂（涼し塚）があり、「すゞしさを」歌仙（表四句）碑もできている。少し離れて旧

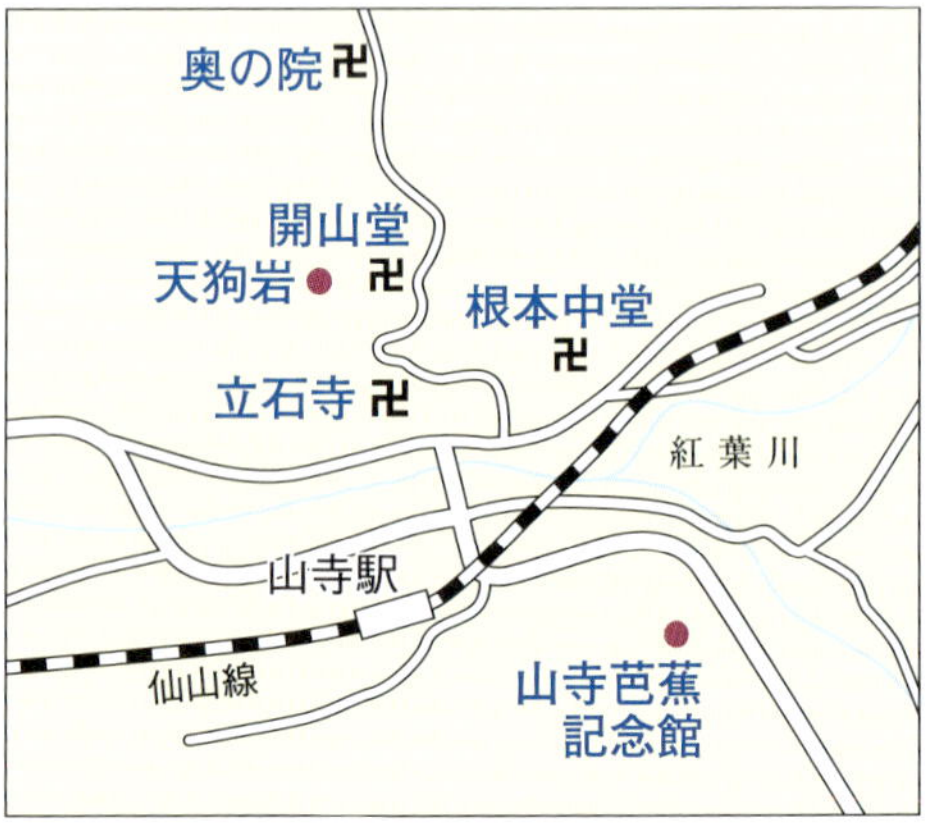

立石寺せみ塚

国道13号沿い、上町の観音堂には芭蕉と一座した素英の生前墓があり、小さな石が人柄を偲ばせてゆかしい。

　清風らに進められ、立石寺を訪ねたのは五月二十七日で、芭蕉の行程は、尾花沢から立石寺を訪れて一泊、また戻って大石田に向かうというもの。現在これを実行するのは難しく、山寺参詣と尾花沢・大石田訪問を分けて行うことになる。なお、芭蕉が通過した天童では、城山公園（天童市五日町）に翁塚や「行末は」句碑・「ふる池や」句碑などがある。ＪＲ山形新幹線の天童駅からは徒歩一五分ほど。

　慈覚大師円仁の開基とされる立石寺は、今でも修行場としての側面をもち、まさに山寺の称がよく似合う。山寺駅では、まずホームからの景観を味わいたい。案内に従って山に向かい、登山口を上がると、根本中堂の左に「閑《しずか》さや」句碑。向かいの大銀杏下には高浜虚子・年尾父子の句碑。宝物館の前には芭蕉・曾良の像と「閑さや」句を刻した顕彰碑。山門を入ると、ここから千段余の石段が待ち構えており、多少の覚悟は必要。途中、「静かさや」句形のせみ塚があり、近くに風草・壺中の碑もある。奥の院に詣でたら、ぜひ五大堂に回って絶景を楽しもう。その後は、線路をはさんで反対側の丘にある、山寺芭蕉記念館（山形市山寺４２２３）を訪れたい。意欲的な企画展示のほか、常設展示でも芭蕉の筆跡が実見できる。

　大石田の要所は、ＪＲ山形新幹線の大石田駅から徒歩やタクシーで回ればよい。芭蕉が泊った一栄宅跡（北村山郡大石田町大石田）は、駅から最上川に向かって徒歩一五分。大橋の手前を右に少し行った川際にあり、「さみだれを」歌仙碑が建てられている。このあたり、堤防からの眺望が美しい。ここから徒歩数分の西光寺（大石田乙６９２―１）には鞘堂に納まる「さみだれを」句碑があり、副碑や一栄の脇句の碑などもある。大石田町立歴史民俗資料館（同37―６）は、斎藤茂吉が疎開中に住んだ聴禽書屋《ちょうきんしょおく》をその一部としており、合わせて見学ができる。少し駅に近い乗船寺（大石田丙２０６）には、芭蕉と一座した川水《せんすい》の夫妻墓があり、茂吉の墓や歌碑、子規の句碑もある。芭蕉が一栄・川水と参詣した向川寺（大石田町横山４３７５）はやや距離があり、タクシーの利用が無難。樹齢六百年という桂と銀杏がすばらしく、落ち着いた雰囲気は足を向けるに十分の価値がある。

　芭蕉が実際に乗船したのは本合海《もとあいかい》（新庄市本合海）で、船着き場が復元され、芭蕉・曾良の像もある。途中、ＪＲ陸羽西線の新庄駅周辺にも、氷室の清水跡（同金沢新町）などがあり、「水のおく」の芭蕉句碑がある。現在の最上川下りは、古口《ふるくち》から草薙《くさなぎ》までの最上川芭蕉ラインで味わうことができる。ＪＲ古口駅から乗船場まで徒歩一〇分。約一時間の遊覧を楽しみ、仙人堂や白糸の滝も確認しよう。

出羽三山神社

山形県鶴岡市羽黒町手向《とうげ》字手向７
【交通】ＪＲ羽越本線の鶴岡駅から庄内交通バスの山頂バスターミナルで下車。

六月三日、船を上がった芭蕉がめざすのは、山岳信仰の霊場として知られる出羽三山。羽黒山には月山・湯殿山との三神を合祭した出羽三山神社がある。バスで山頂まで行けるとはいえ、できれば羽黒センターでいでは文化記念館（鶴岡市羽黒町手向院主南72）を見学した後、二千二百四十六段の石段を歩いて山の気に触れたい。二の坂の上を右に入ると、芭蕉が宿った南谷別院跡と「有難や」の芭蕉句碑がある。山頂には芭蕉像と三山句碑があり、三神合祭殿を拝したら、出羽三山歴史博物館に寄ろう。なお、門前町の手向には、大進坊の前に芭蕉の三山句碑と「其玉や」句碑、烏崎稲荷神社に芭蕉句「当帰より」などが刻まれた呂丸《ろがん》追悼碑があり、呂丸宅跡もあるので、歩いて登る場合は目を留めたい。

月山・湯殿山は雪が多く、冬の参拝は不可なので調べて出かけること。月山に登るには、羽黒センターからバスで八合目まで行くことができ、そこから徒歩二時間半。JR山形駅から姥沢《うばさわ》までバス、牛首までリフトで行くコースもある。山頂に月山神社と「雲の峰」の芭蕉句碑。そのまま徒歩で湯殿山に向かうと、険しい山道を二時間余。鶴岡駅からバスが出ているので、これを使えば神社のそばまで行かれる。神社といっても社殿はなく、赤茶色の岩がご神体で、ここに湯が流れている。写真撮影と土足は厳禁。「語られぬ」の芭蕉句碑と曾良句碑、茂吉歌碑が近くにある。

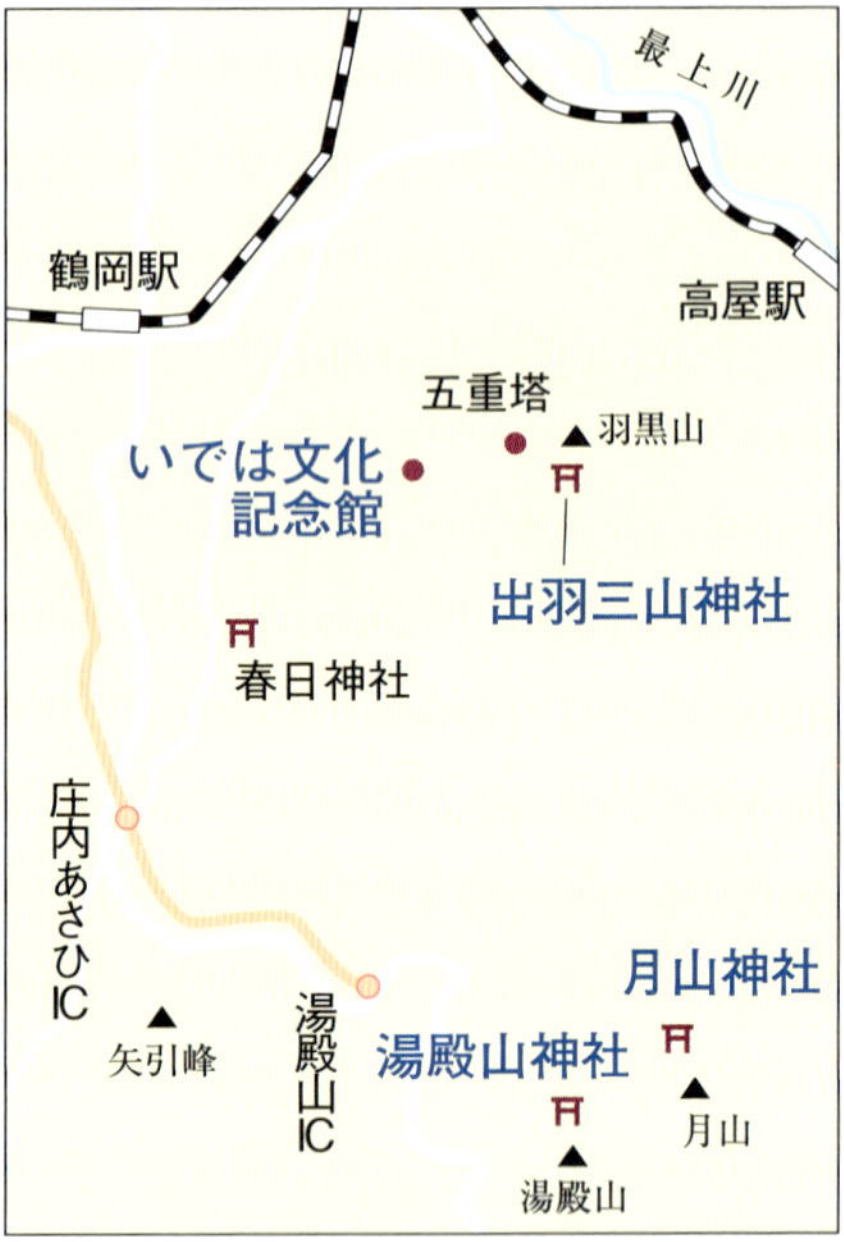

羽黒を下りた芭蕉は、鶴岡を経て酒田に入り、象潟へと北上する。JR鶴岡駅から徒歩一〇分の山王日枝神社（鶴岡市山王町2―26）には「珍しや」の芭蕉句碑。芭蕉をもてなした重行《しげゆき》宅跡も近く、「めづらしや」句碑がある。酒田で一座した不玉・玉志・彦助らの居宅跡は市役所本町通りに並び、JR酒田駅から徒歩二〇分。武家屋敷の本間家旧本邸（酒田市二番町12―13）や廻船問屋として『日本永代蔵』に出る旧鐙屋《あぶみや》（中町1―14―20）も見学する価値は十分。少し歩くと日和山《ひよりやま》公園（南新町1―127外）に着き、「温海山や」「暑き日を」「初真桑」の芭蕉句碑三基、蕪村・子規らの句碑、茂吉の歌碑などがある。近くの酒田市立図書館（中央西町2―59）に入る光丘《こうきゅう》文庫は、本間家ゆかりの俳書コレクションの宝庫。駅に近い

本間美術館（御成町7―7）も訪れたい。

象潟の蚶満寺《かんまんじ》（秋田市にかほ市象潟町象潟2）は、JR羽越本線の象潟駅から徒歩二〇分。山門前の庭園に芭蕉像と「象潟の」の芭蕉句碑。本堂裏には同句碑と白雄句碑、西行歌碑などがある。周辺は田の中に小丘の点在する光景が広がり、新・奥の細道九十九島コースを巡遊すれば、舟で回った芭蕉当時の様子が偲ばれる。寺から海側に向かうと、熊野神社や腰長《こしたけ》橋があり、芭蕉宿泊地も駅に戻る途中に確認できる。

出羽三山神社

象潟郷土資料館（象潟町字狐森31―1）では潟であったころの復元模型が見られ、駅から寺と逆方向に徒歩一五分。駅前には「きさかたの」「ゆふ晴や」「腰長や」の三句碑と、記念切手を拡大した「象潟や」句碑がある。なお、七月ころに訪れると、今も合歓の咲く象潟が味わえる。

山中温泉こおろぎ橋

石川県加賀市山中温泉こおろぎ町

【交通】JR北陸本線の加賀温泉駅から北陸鉄道バスの山中温泉バスターミナルで下車し、徒歩三〇分。

酒田へ戻って北陸道を南下するあたり、『細道』は省筆を極めている。こちらも旅路を急ぎ、温海《あつみ》（山形県鶴岡市温海）や村上（新潟県村上市）に史跡があり、出雲崎の芭蕉園（三島郡出雲崎町住吉）に芭蕉像と「銀河の序」碑があることを記すにとどめる。なお、難所であった親《おや》不知《しらず》（新潟県糸魚川市市振）も、今やJR北陸本線や北陸自動車道であっという間。観光ホテル脇の遊歩道で天《てん》嶮《けん》海岸に下りると、当時の気分の一端は味わえ、道を左

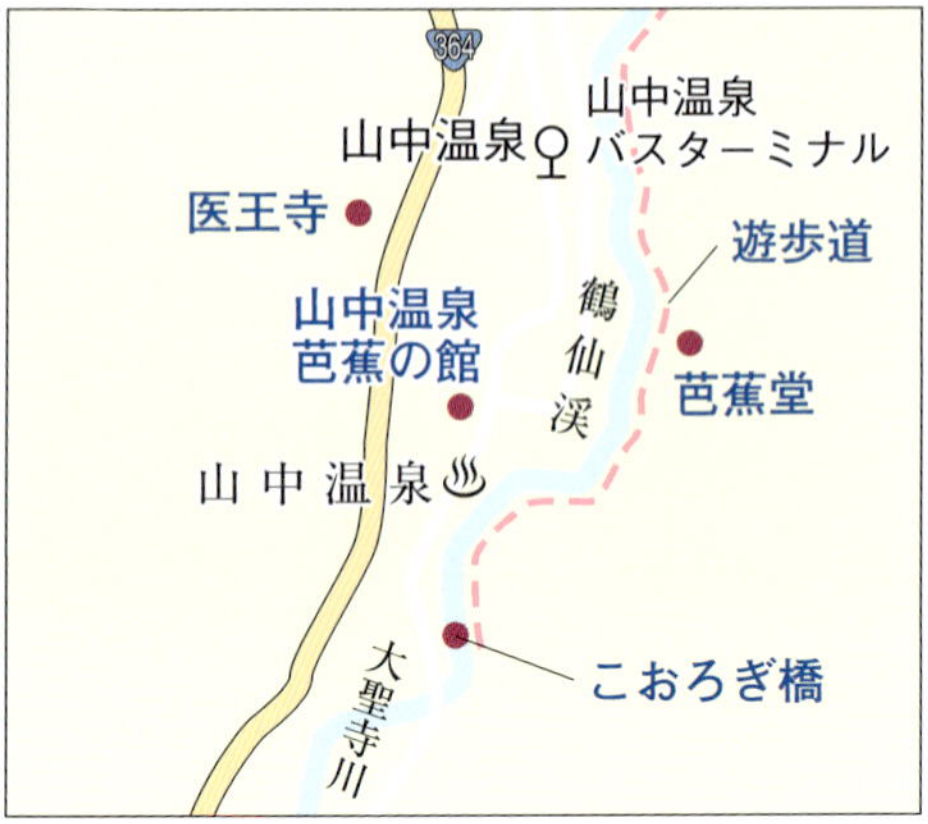

方に進めば市振に至る。

　市振に直に行くなら、同線の市振駅で降りて親不知方面に戻ればよい。すぐに関所跡があり、芭蕉が泊ったとされる桔梗屋跡（市振728）の先、長円寺（同666）には「一つ家に」の芭蕉句碑がある。同線の高岡駅で加越能鉄道万葉線に乗り換え、東新湊駅から放生津《ほうじょうづ》八幡宮（富山県射水市八幡町2―2―27）をめざせば、その先が奈呉《なご》の浦。境内に「早稲の香や」の芭蕉句碑と家持歌碑がある。

　倶利伽羅《くりから》峠（石川県河北郡津幡町倶利伽羅）を越えて加賀の地に入ったのは、七月十五日。芭蕉が「つかもうごけ」（墓碑よ反応して動いてくれ）と絶唱した一笑《いっしょう》の墓は願念寺（金沢市野町1―3―82）にあり、同句碑もある。より犀川に近い成学寺（同1―1―18）にも蕉翁《しょうおう》墳や一笑塚など。犀川大橋南詰や兼六園（兼六町1）に「あか〳〵と」の芭蕉句碑。芭蕉が宿った地は芭蕉の辻（片町2）と呼称され、ほかにも市内に史跡は多い。JR北陸本線の金沢駅から市街まで、徒歩では二～三〇分ほど。なお、石川県立図書館（本多町3―2―15）には俳書コレクションで知られる月明文庫がある。

　実盛の兜に「むざんやな」と詠んだ小松の多太《ただ》神社（小松市上本折町72）は、同線の小松駅から徒歩五分。同句碑が境内にあり、鳥居前に石の兜が作られている。本折《もとおり》日吉《ひよし》神社（同1）と建聖寺（寺町94）に「しほらしき」の芭蕉句碑。この後の行程は、山中《やまなか》から那谷《なた》を通って小松に戻った実際とは別に、『細道』では小松→那谷→山中→大聖寺の順路が採られている。那谷寺（同那谷町ユ122）へは小松駅からバスで四五分。奇岩の景観がすばらしく、境内に「石山の」句碑と翁塚がある。本堂の大悲閣では、岩窟の中に「大慈大悲」の千手観音像が安置されている。

　加賀温泉駅からバスで二〇分、山中温泉に着いたら大

山中温泉こおろぎ橋

聖寺川をめざそう。黒川橋を渡ると芭蕉堂があり、「紙《い》鳶《か》きれて」の桃妖句碑がある。ここから上流にかけては鶴仙渓と呼ばれる景勝地で、木々の間に見えるこおろぎ橋の景観が圧巻。途中に「やまなかや」句碑、橋の先に「かゞり火に」句碑と北枝句碑がある。温泉街の中心には共同浴場の菊の湯がある。芭蕉が泊った和泉屋跡と「湯の名残」句碑などを確認し、山中温泉芭蕉の館（加賀市山中温泉本町2—86—1）にも立ち寄ろう。山の方向にある医王寺（薬師町リ1—1）には「漁り火に」句碑と曾良の「今日よりや」句碑がある。

JR北陸本線の大聖寺駅から徒歩一〇分の全昌寺（加賀市大聖寺町神明町1）は和泉屋の菩提寺で、曾良と芭蕉が一夜を隔てて宿った所。境内に「庭掃て」の芭蕉句碑と曾良の「終夜《よもすがら》」句碑。寺内に杉風作とされる芭蕉像があり、極彩色の五百羅漢もみごと。西行ゆかりの汐越の松（福井県あわら市）は、大聖寺駅からバスで二〇分の吉崎から徒歩三〇分ほど。日本海に面して松が植林され、記念碑がある。大夢和尚を訪ねた天龍寺（吉田郡永平寺町松岡春日1—64）は、福井駅からえちぜん鉄道勝山線に乗り、松岡駅で下車して徒歩一〇分。翁塚と「物書て」の芭蕉句碑、芭蕉・北枝の像がある。永平寺（永平寺町志比5—15）は道元が開いた曹洞宗の大本山で、芭蕉に関したものはなくとも、行く価値は十分。最寄りは同線の永平寺口駅で、福井駅からバスもある。

気比神宮

福井県敦賀市曙町11—68

【交通】JR北陸本線の敦賀駅から徒

歩一五分。

福井で芭蕉が訪ねた洞哉《とうさい》（『細道』では等栽）宅跡は、幕末の志士である橋本左内《さない》にちなむ左内公園（福井県福井市左内町7）にあり、記念碑と「名月の」の芭蕉句碑がある。JR北陸本線の福井駅から徒歩一五分、福井鉄道福武線（路面電車）の公園口駅からはすぐ。近くの足《あす》羽山《わやま》には橘曙覧《たちばなのあけみ》記念館（足羽1―6―34）がある。ここから敦賀の月見に赴く途中、『細道』には多くの歌枕が記載される。玉江は福武線の花堂《はなんどう》駅から徒歩数分の玉江二の橋あたりで、橋の近くに玉江跡の碑がある。「あさむづの橋」は同線の浅水《あそうず》駅から徒歩数分の浅六つ橋で、西行歌と「浅六つや」の芭蕉句碑がある。義仲ゆかりの燧《ひうち》ヶ城《じょう》の跡（南条郡南越前町今庄）は、JR北陸本線の今庄駅から南西に見える小山にある。

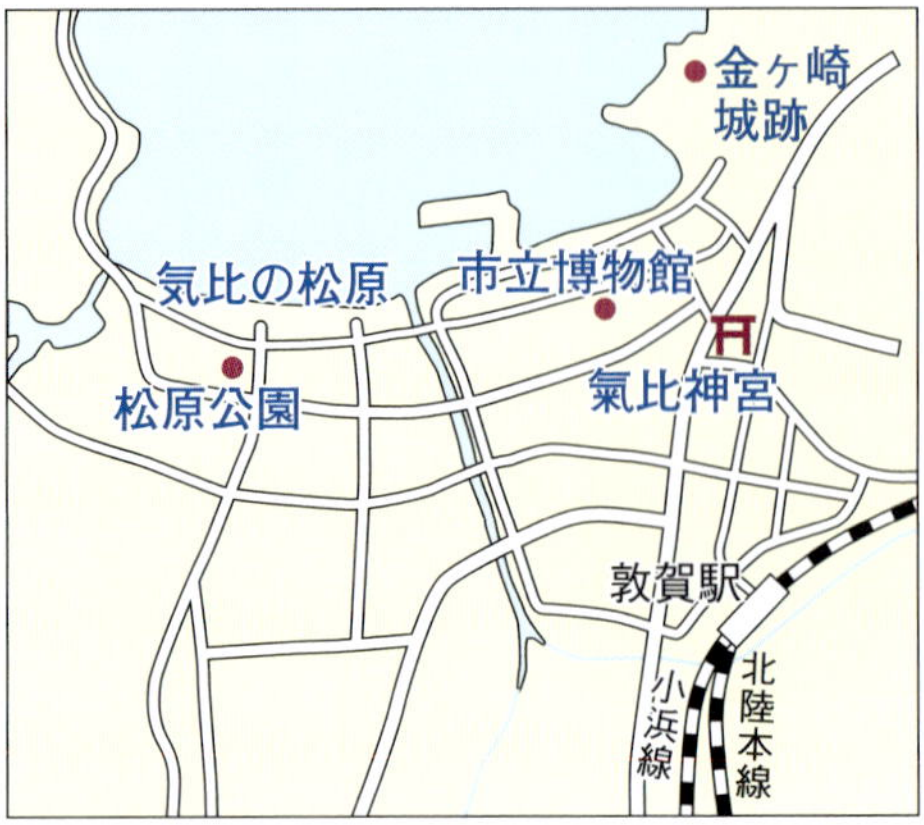

芭蕉が八月十四日に夜参した気比神宮は、北陸道の総鎮守。敦賀駅からは徒歩でもよいし、バスも出ている。まずは木造の大鳥居に瞠目したい。社殿前の広場に芭蕉の像（台座に「月清し」句を刻する）と月五句の碑。「なみだしくや」句形の露塚もある。ここからその名も「芭蕉の歩いた商店街」を通って西に行くと、敦賀市立博物館（敦賀市相生町7―8）と山車会館が並んでいる。芭蕉が泊った出雲屋跡（同2―16）、芭蕉を種の浜に案内した天屋五郎右衛門（俳号玄流）宅跡（同14―23）は、ともに博物館から数分、ほぼ対称の位置にある。いずれも標柱があるので、観光マップを片手に訪ねよう。

市の西側、気比の松原には虚子の句碑がある。もう少し足を伸ばせば古刹の西福寺（原13―7）で、『曾良日記』の該当部を刻した碑がある。また、市の東側の金ケ崎は、芭蕉が宿の主人から聞いた沈鐘伝説の地。麓の金前寺《こんぜん》（金ケ崎町2―2）には芭蕉の「月いづこ」句碑（鐘塚）があり、金崎宮や金ヶ崎城跡まで登って眺望を楽しみ、海底にあるかもしれない鐘を偲ぶのもよいだろう。ちなみに、この建碑に関わった琴路の墓は西福寺に現存。すべてを回るにはタクシーの利用がよい。このほかにも、市内外にいくつか句碑が点在する。

芭蕉が舟で訪ねた色の浜（種の浜）は、水が美しく落ち着いた風情の海浜。西行ゆかりの小貝を拾うため、芭蕉もわざわざ出向いたとあれば、行かないわけにはいかない。ただし、海水浴の時期を除くとバスの本数が少なく、所要時間三〇分ほどのタクシーを使うのが無難。

気比神宮

駅構内の観光案内所で市内見学と合わせて相談してもよいだろう。夏季のみ敦賀港から船も出ている。開山堂の近くには「寂しさや」句碑と西行の歌碑、少し先にある「侘《わび》しき法花寺《ほっけでら》」の本隆寺には「小萩ちれ」句碑・「衣着て」句碑があり、秋であれば萩の花が出迎えてくれる。本文に「夕ぐれのさびしさ、感に堪《たえ》たり」とある閑寂さを、今でも味わうことができるし、運がよければ小貝を拾うことも可能。

大垣市奥の細道むすびの地記念館

岐阜県大垣市船町2—26—1
電話0584（84）8430
【交通】JR東海道本線の大垣駅から徒歩一五分。

出発前の芭蕉書簡から知られるように、美濃大垣を結びの地とすることは、当初から予定されていたこと。「野

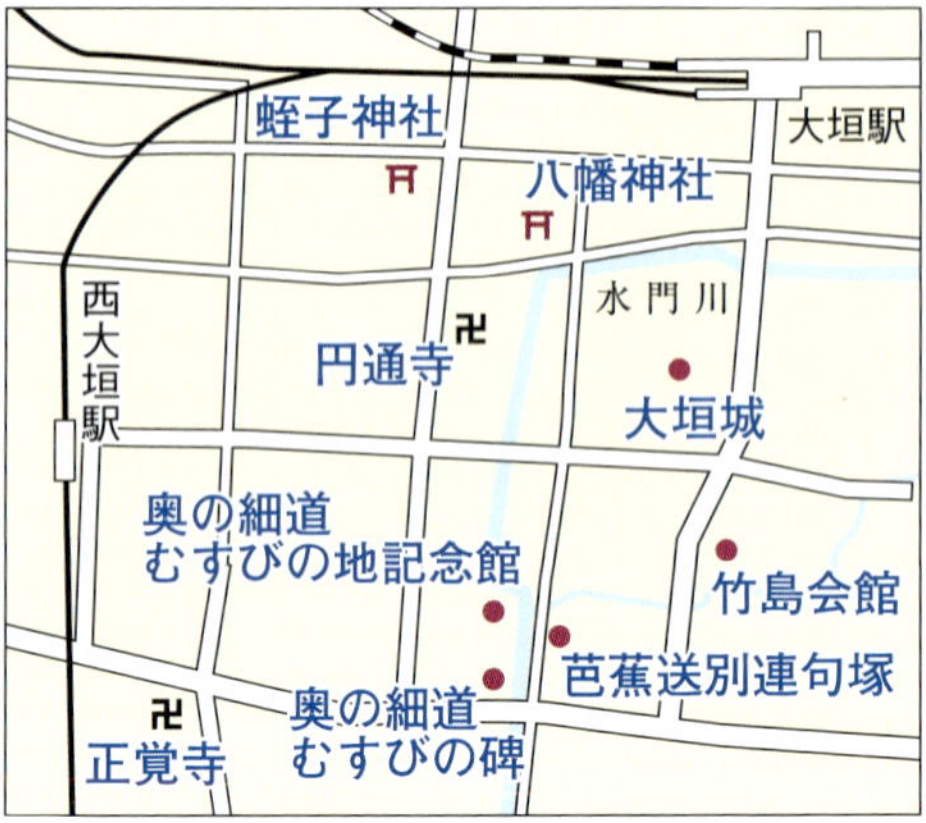

ざらし」の旅で訪れて以来、ここは芭蕉にとってそれほど身近に感じられる土地であった。なお、敦賀から大垣までの道筋には諸説があり、木之本から北国街道脇往還を通った可能性が高いものの、確言はできない。

平成二十四年四月、この地に待望の本格的な記念館が誕生した。奥の細道むすびの地記念館がそれで、芭蕉館・先賢館・観光交流館からなる。芭蕉館では3D映像による細道の旅を体感した後、『細道』の本文を味わうというコンセプトの展示を楽しみたい。音声ガイドの機器を無料で貸し出しており、動画形式の地図とともに、旅の行程や作品のおもしろさが実感できるはず。諸本のレプリカなど、実際に手に取ることができるのもうれしい。趣向が凝らされた特別展示は、研究者にとっても貴重。大垣出身の学者らを取り上げた先賢館も含め、じっくり時間をとって鑑賞しよう。

記念館についてもう一つ特記すべきは、この敷地はかつて木因の屋敷があった場所であるということ。水門《すいもん》川のほとりに位置し、この船町港《ふなまちみなと》の一帯は国の名勝に指定されている。芭蕉が伊勢に向かって舟に乗った地でもあり、住吉燈台がよい雰囲気を醸成し、芭蕉像とこれを見送る木因《ぼくいん》像、木因・芭蕉・如行《じょこう》の三物（三句からなる連句）の碑（連句塚）、「蛤《はまぐり》の」と「花にうき世」の芭蕉句碑、木因句碑・如行句碑などがある。館からぐるっと回って一〇数分の所要時間。すぐ先にある総合福祉会館（馬場町124）の前、「四季の広場」も景観がよく、休憩するには最適。桜や紅葉の時期であればさらにすばらしい。近くに「ふらずとも」の芭蕉句碑もある。

大垣駅から記念館までは、水門川に沿って歩く「四季の路」コースをお勧めしたい。川沿いには『細道』に載る芭蕉句二十二の句碑があり、駅近くの愛宕神社から歩き出し、すべてを確認しつつゆっくり歩いても三〇分ほ

大垣市奥の細道むすびの地記念館

ど。レンタサイクルも数カ所で用意されている。途中、湧水がいくつもある（記念館の敷地にある湧水も美味）ので、空のペットボトルを持参するとよいし、四箇所のトイレでは芭蕉句にちなむ工夫が見られる。湧水地の一つ、八幡神社（西外側町1―1）には「折〳〵に」の芭蕉句碑がある。記念館から駅と反対の方角に少し歩いたところ、正覚寺（船町7―1）には木因の墓があり、「あか〳〵と」の芭蕉句碑もある。ただし、参観には許可が必要。

　記念館から駅までの帰途は美濃路を歩き、大垣城（郭町2―52）にも立ち寄りたい。船町港跡から船町道標（福祉会館の向かい）を越え、すぐ先を右折するとそれが美濃路で、しばらく歩くと大垣宿本陣跡（竹島町39）。現在は竹島会館があり、当時の面影を伝えてくれる。「其まゝよ」の芭蕉句碑もここにある。道標や史跡が諸所にあるので、ぶらぶらしながら城のある大垣公園をめざそう。近くの郷土館（丸の内2―4）や守屋多々志美術館（郭町2―12）に寄るのもよいし、観光マップをもっていれば、市内に点在する他の芭蕉句碑や蕉門俳人の屋敷跡などを訪ねることもできる。

　元禄二年の滞在中、芭蕉は赤坂の虚空蔵にも詣でている。正式名称は金生山明星輪寺《みょうじょうりんじ》（赤坂町4610）。大垣駅から美濃赤坂線で二つめの美濃赤坂が最寄り駅で、大垣駅から「虚空蔵口」を通るバスも出ている。ただし、山寺は金生山（標高二一七メートル）の頂上付近にあるので、山路を厭うならば大垣からのタクシーが無難。山門の前には「鳩の声」の芭蕉句碑。本堂の奥に岩窟があり、安置される虚空蔵菩薩は非公開ながら、堂内の岩屋は一見の価値がある。山を下りたら旧中山道を歩き、宿場町の気分を味わおう。芭蕉を接待した木巴《もくは》の家（後に改築）もあり、法泉寺（同3313）には「草臥《くたびれ》て」の芭蕉句碑がある。

義仲寺《ぎちゅうじ》

滋賀県大津市馬場1―5―12
【交通】JR琵琶湖線の膳所《ぜぜ》駅、京阪電鉄石山坂本線の京阪膳所駅から徒歩一〇分。

粟津で悲惨な最期を遂げた源義仲の塚にもとづく寺で、『細道』と直接の関係はないものの、芭蕉の墓所として逸することはできない。義仲に愛着をもち、琵琶湖をこよなく愛した芭蕉は、何度もここに足を運び、弟子たちの計らいで境内に無名庵《むみょうあん》ができてからは、常宿所としていた。芭蕉が遺言でここに葬るよう指示したことも、それで納得されよう。両者の墓碑が並んで建つほか、翁堂・巴塚・山吹塚・曲翠《きょくすい》墓や、「旅に病で」の芭蕉句碑をはじめ多くの句碑がある。無名庵も復元され、句会や研究会に利用できる。

合わせて訪れたいのが竜《たつ》が丘の俳人墓地（大津市馬場2―12―62）で、膳所駅の南に五分ほど行った国道1号線沿いにある。丈草が晩年を過ごした仏幻庵の跡で、丈草が芭蕉追悼のために建てた経塚を囲むように、丈草・支考・正秀・雲理坊・蝶夢ら十七名の墓碑がある。三井寺の名で知られる園城寺《おんじょうじ》（園城寺町246）、堅田の落雁で名高い浮御堂《うきみどう》の満月寺（本堅田1―16―18）、門人の千那《せんな》が住職を務めた本福寺（同1―22―30）など、周辺に芭蕉関連の史跡は多い。紫式部にちなむ石山寺《いしやまでら》（石山寺1―1―1）も芭蕉に

ゆかりがあり、「曙や」の句碑があるほか、茶室に芭蕉庵の名が付けられている。元禄三年の一夏を過ごした幻住庵《げんじゅうあん》（国分2—5）は国分山の東斜面にあり、JR琵琶湖線の石山駅からバスもある。位置は少し違うものの、庵が復元され、植え継ぎされた椎の木もあり、神社や清水は「現住庵記」の記述そのまま。『猿蓑』を片手に訪ねたい。

義仲寺

俳聖殿

三重県伊賀市上野丸之内116

【交通】伊賀鉄道伊賀線の上野市駅から徒歩八分。

最後に、生誕の地である伊賀上野を訪ねてみよう。上野市駅前には芭蕉像が出迎え、上野城がある上野公園を訪ねると、芭蕉の旅姿をモチーフにした俳聖殿があり、命日である十月十二日には芭蕉祭がこの前で執行されるほか、毎月十二日にも公開される。近くの芭蕉翁記念館（上野丸之内117—13）では、芭蕉真蹟を中心に趣向に富んだ展示がなされているので、ぜひ立ち寄ろう。公園の坂下には「やまざとは」句碑があり、ほかにも芭蕉句碑は市内に多い。

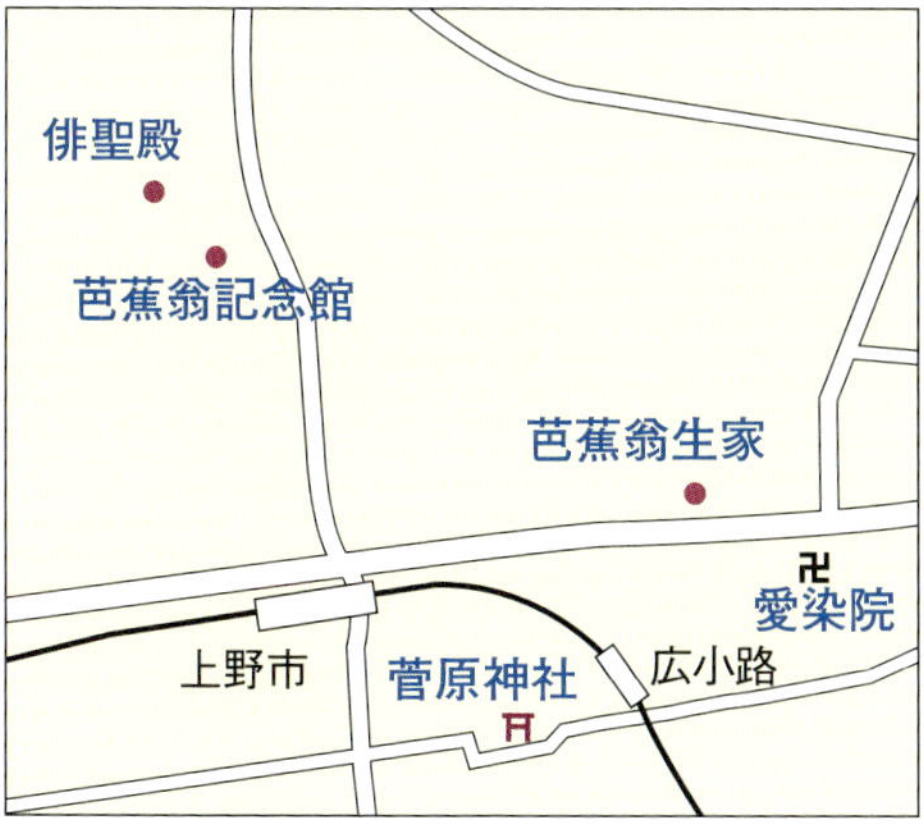

俳聖殿

芭蕉の生家（赤坂町３０４）は公園から徒歩一〇分ほどの距離にあり、『貝おほひ』を著したと目される離れ座敷の釣月軒《ちょうげっけん》も必見。「古里や」句碑が表通りに面した土塀前にある。生家に行く途中のさまざま園（玄蕃町）は藤堂新七郎家の下屋敷があった所で、後に芭蕉も何度か招かれ、「さま〳〵の事おもひ出す桜哉」と詠んでいる。ここは未公開。故郷塚（遺髪塚）のある愛染院《あいぜんいん》（農人町３５４）、『貝おほひ』を奉納した上野天神宮の菅原神社（東町２９２９）、土芳の蓑虫庵《みのむしあん》（西日南町１８２０）など、徒歩で回ることができる。

ふるさと芭蕉の森公園（伊賀市長田２３８４）には芭蕉句碑十基が作られており、上野市駅からバスに乗って長田で下車する。鍵屋の辻を通って歩けば駅から三〇分ほど。土芳らの墓がある西蓮寺（同１９３１）もここから近い。くれは水辺《みずべ》公園（平野西町１１７）にも芭蕉句碑十六基があり、やはり上野市駅からバスがある。また、柘植《つげ》の福地城跡に芭蕉公園（柘植町７４２３）があり、芭蕉翁生誕之地碑や「古さとや」句碑などがある。最寄りはJR関西本線の柘植駅。

芭蕉句の舞台、新大仏寺（富永１２３８）や猿蓑塚（上阿波）、花垣神社（予野１９４）にはそれぞれ句碑がある。バスの便を考えると、タクシーの利用が上策だろう。花垣でも、花守の伝統を今にいかそうと、種々の桜を植えていることに感銘を覚える。

【参考文献】

入手・閲読しやすいものを中心にして、論文集の類は割愛した。
詳細は『「おくのほそ道」解釈事典』『おくのほそ道大全』付載の文献一覧を参照されたい。

尾形仂他編『俳文学大辞典』角川学芸出版　二〇〇八年　普及版
今栄蔵『貞門談林俳人大観』中央大学出版部　一九八九年
雲英末雄監修『元禄時代俳人大観』三冊　八木書店　二〇一一～一二年
角川書店編『図説俳句大歳時記』五冊　角川書店　一九六四～六五年
山本健吉監修『大歳時記』四冊　集英社　一九八九年
勝峰晋風編『日本俳書大系』一七冊　春秋社　一九二六～二八年
久松潜一・井本農一責任編集『古典俳文学大系』一六冊　集成社　一九七〇～七二年
中村俊定監修『芭蕉辞典』春秋社　一九七八年
栗山理一監修『総合芭蕉辞典』雄山閣　一九八二年
小宮豊隆監修『校本芭蕉全集』一一冊　富士見書房　一九八八～九一年　増補改訂版
尾形仂編集代表『新編芭蕉大成』三省堂　一九九九年
大谷篤蔵・中村俊定『日本古典文学大系　芭蕉句集』岩波書店　一九六二年
杉浦正一郎他『日本古典文学大系　芭蕉文集』岩波書店　一九五九年
今栄蔵『新潮日本古典集成　芭蕉句集』新潮社　一九八二年
富山奏『新潮日本古典集成　芭蕉文集』新潮社　一九七八年
井本農一他『新編日本古典文学全集　松尾芭蕉集』二冊　一九九五～九七年
白石悌三・上野洋三『新日本古典文学大系　芭蕉七部集』岩波書店　一九九〇年
阿部正美『芭蕉連句抄』一二冊　明治書院　一九六五～八九年
阿部正美『芭蕉発句全講』五冊　明治書院　一九九四～九八年
雲英末雄・佐藤勝明『芭蕉全句集』角川ソフィア文庫　二〇一〇年
中村俊定『芭蕉七部集』岩波文庫　一九六六年

中村俊定『芭蕉紀行文集』岩波文庫　一九七一年
阿部正美『芭蕉伝記考説』二冊　明治書院　一九八二～八三年　新修版
今栄蔵『芭蕉年譜大成』角川書店　一九九四年
田中善信『芭蕉書簡大成』角川学芸出版　二〇〇五年
田中喜信『全釈芭蕉書簡集』新典社　二〇〇五年
尾形仂編『芭蕉　二つの顔』講談社学術文庫　二〇〇八年
雲英末雄他『芭蕉必携』学燈社　一九八〇年
佐藤勝明編『新潮古典文学アルバム　松尾芭蕉』新潮社　一九九〇年
佐藤勝明『21世紀日本文学ガイドブック　松尾芭蕉』ひつじ書房　二〇一一年
同叢書編集委員会『芭蕉はいつから芭蕉になったか』NHK出版　二〇一二年
同叢書編集委員会『天理図書館善本叢書　芭蕉紀行文集』八木書店　一九七二年　※天理本と曾良日記の影印を含む
上野洋三・櫻井武次郎『天理図書館善本叢書別冊　おくのほそ道曾良本』八木書店　一九九四年　※天理本の影印カラー版
岡田利兵衛『芭蕉自筆奥の細道』岩波書店　一九九七年　※中尾本の影印
櫻井武次郎『素龍筆柿衞本おくのほそ道』新典社　一九六九年　※柿衞本の影印
雲英末雄『影印おくのほそ道』双文社　一九九一　※西村本の影印
上野洋三『元禄版おくのほそ道』勉誠社　一九八〇年　※元禄初版本の影印
西村真砂子『新注絵入奥の細道曾良本』和泉書院　一九八八年　※天理本の翻刻
萩原恭男『校本おくのほそ道』福武書店　一九八一年
板坂元・白石悌三『芭蕉おくのほそ道』岩波文庫　一九七九年
久富哲雄『おくのほそ道』講談社文庫　一九七五年
潁原退蔵・尾形仂『おくのほそ道全訳註』講談社学術文庫　一九八〇年
麻生磯次『新版おくのほそ道』角川ソフィア文庫　二〇〇三年　新訂版
阿部喜三男・久富哲雄『奥の細道講読』明治書院　一九六一年
『詳考奥の細道増訂版』日栄社　一九七九年　増訂版

堀切実『おくのほそ道　永遠の文学空間』日本放送出版会　一九九七年
尾形仂『おくのほそ道評釈』角川書店　二〇〇一年
堀切実編『『おくのほそ道』解釈事典―諸説一覧―』東京堂出版　二〇〇三年
楠本六男・深沢眞二編『おくのほそ道大全』笠間書院　二〇〇九年
金森敦子『芭蕉はどんな旅をしたのか「奥の細道」の経済・関所・景観』晶文社　二〇〇〇年
金森敦子『『曾良旅日記』を読む　もう一つの『奥の細道』』法政大学出版局　二〇一三年
櫻井武次郎『奥の細道行脚　『曾良日記』を読む』岩波書店　二〇〇六年
山下一海『おくのほそ道をゆく』北溟社　二〇〇七年
久富哲雄『奥の細道の旅ハンドブック』三省堂　一九九四年
久富哲雄『写真で歩く奥の細道』三省堂　二〇一一年

＊本書に掲載した写真に関しては、大垣市奥の細道むすびの地記念館と伊賀市芭蕉翁顕彰会のご高配を得たことに、深甚の謝意を表するものである。

松尾芭蕉略年表

年号表記	西暦	年齢	事項
寛永二一（正保元年）	一六四四	一	伊賀上野の百姓町に松尾与左衛門の次男として出生（出生地については異説もある）。幼名は金作。長じて宗房を名乗り、忠右衛門ないし甚七郎（一説に甚四郎）を通称とする。
明暦 二	一六五五	一二	父が死去し、兄の半左衛門が跡を継ぐ。
寛文 二	一六六二	一九	このころ、侍大将である藤堂新七郎家に奉公し、嗣子の良忠（俳号は蟬吟で北村季吟門）と貞門俳諧に親しむ。
四	一六六四	二一	重頼編『小夜中山集』に宗房号で発句二が初入集。
六	一六六六	二三	良忠が二十五歳で早世。その後も藤堂家にとどまり、台所用人を務めたといわれる。当時の俳書に「伊賀上野住 宗房」として発句が入集する。
一二	一六七二	二九	発句合『貝おほひ』を編み、上野天神（菅原神社）に奉納。この年の春（延宝二年説などもある）に江戸に下り、間もなく『貝おほひ』を刊行する。
延宝 三	一六七五	三二	東下中の宗因が一座する百韻興行に桃青号で参加。以後は談林俳諧に傾倒する。
五	一六七七	三四	この年か翌年、俳諧宗匠として独立し、六年春に『桃青三百韻』を刊行する。
延宝 八	一六八〇	三七	四月に『桃青門弟独吟二十歌仙』が刊行される。冬に日本橋小田原町から深川へ移り住み、新風の模索に入る。
天和 二	一六八二	三九	三月に千春編『むさしぶり』が刊行され、芭蕉号が初めて使われる。十二月二十八日の大火で芭蕉庵を失う。
三	一六八三	四〇	六月、天和調を代表する其角編『みなしぐり』が刊行される。

貞享 元	一六八四	四一	八月から翌二年四月末まで、伊勢・伊賀・大和・美濃・尾張をめぐる「野ざらし紀行」の旅を敢行。尾張で巻いた五歌仙が荷兮編『冬の日』として刊行される。『野ざらし紀行』はやがて初稿が成り、同五年に絵入りの巻物として完成。
四	一六八七	四四	八月、常陸の鹿島に月見に出かけ、『かしまの記』（『鹿島詣』『鹿島紀行』）を著す。十月二十五日から翌五年（＝元禄元年）八月下旬まで、伊賀・伊勢・大和・紀伊・京阪・尾張・木曾路をめぐる「笈の小文・更科紀行」の旅を敢行。『更科紀行』は帰着後に成る。『笈の小文』は未定稿のものを門人の乙州が宝永四年（一七〇七）に刊行。
元禄 二	一六八九	四六	三月二十七日から八月二十一日まで、奥羽・北陸地方を経て美濃大垣に至る「奥の細道」の旅を敢行。その後、伊勢・伊賀・近江・京・奈良など、約二年間の漂泊生活を続ける。
四	一六九一	四八	七月、後見した去来・凡兆編『猿蓑』が刊行される。九月末に帰江の途につき、十月二十九日に帰着。
六	一六九三	五〇	『奥の細道』の執筆を開始。数次の推敲を経て、素龍清書の西村本（題簽「おくのほそ道」）は翌七年四月に成り、これに基づく版本は元禄十五年（一七〇二）に去来が刊行。このころ、「かるみ」の俳諧を標榜して実践に励み、翌七年閏五月には子珊編『別座鋪』、同年六月には野坡ら編『すみだはら』が刊行される。
七	一六九四	五一	五月十一日、素龍清書の『奥の細道』を携え、西国行脚を想定しつつ、最後の旅に出る。尾張・伊賀・近江・京などを経て、十月十二日、大坂にて逝去。遺言により、大津の義仲寺に埋葬される。

著者略歴

一九五八年　東京都に生まれる
一九九三年　早稲田大学大学院文学研究科博士後期課程
　　　　　　単位取得満期退学
現在　和洋女子大学教授　博士（文学）

〔主要編著書〕
『蕉門研究資料集成』全八巻（クレス出版、二〇〇四年）
『芭蕉と京都俳壇―蕉風胎動の延宝・天和期を考える―』（八木書店、二〇〇六年）
『芭蕉研究資料集成・昭和中期篇』全八巻（クレス出版、二〇〇九年）
『芭蕉全句集』（角川ソフィア文庫、二〇一〇年、共著）
『蕪村句集講義』全三巻（平凡社東洋文庫、二〇一〇～一一年）
『元禄時代俳人大観』全三巻（八木書店、二〇一一～一二年、共編、文部科学大臣賞受賞）
『芭蕉はいつから芭蕉になったか』（NHK出版、二〇一二年）

人《ひと》をあるく

人をあるく
松尾芭蕉と奥の細道

二〇一四年（平成二十六）九月一日　第一刷発行

著者　佐《さ》藤《とう》勝《かつ》明《あき》
発行者　吉川道郎
発行所　株式会社 吉川弘文館
郵便番号一一三―〇〇三三
東京都文京区本郷七丁目二番八号
電話〇三―三八一三―九一五一〈代表〉
振替口座〇〇一〇〇―五―二四四
組版　有限会社ハッシィ
印刷　藤原印刷株式会社
製本　ナショナル製本協同組合
装幀　有限会社ハッシィ

ISBN978-4-642-06785-0